y Birthday

Gail

September 2018

Gaetano Saglimbeni

LADY CHATTERLEY E IL MULATTIERE

Prefazione di **Melo Freni**

Armando Siciliano Editore

Prefazione

La serietà di Gaetano Saglimbeni nel voler narrare di Frieda Richthofen, affascinante baronessa tedesca con un grande trasporto per Taormina, moglie dello scrittore inglese David Herbert Lawrence, si capisce già dal sottotitolo: "La vera storia ...". Non è dunque un romanzo, non è una lunga novella, non è un riporto di fantasia.

Saglimbeni si è limitato a scrivere una "memoria", con lo scrupolo del cronista che egli è stato, aggiungendo di sé l'intelligenza del saper cogliere e proporre i paralleli che corrono fra quanto accadde alla signora Frieda in vacanza prolungata a Taormina, tra il 1920 ed il '22, e quello che di lei scrisse il marito nel celebre romanzo L'amante di Lady Chatterley, *che ambientò in Inghilterra, ma la cui storia si svolse realmente in Sicilia, nelle campagne di Taormina e Castelmola. Ed ebbe come protagonista lei, la moglie infuocata di sangue e di libidine, per cui il romanzo, sfogo di carne e desiderio, fu messo all'indice.*

Non inventa nulla, il giornalista-scrittore Saglimbeni. Si limita a ricondurre nelle sue pagine tutto quello che sulla vacanza "scandalosa" di Frieda Lawarence ha potuto raccogliere dalle ancor vive testimonianze taorminesi, e nel ricostruirle si affida al confronto con le pagine del celebre romanzo, quasi per non peccare di presunzione, per evitare il sospetto di un suo fantasioso erotismo. Solo che, nel fare questo, ci mette tanta sapienza e tanta opportunità che, ad un certo momento, potrebbe insinuarsi l'idea che, se lo stesso Lawrence avesse voluto riassettare a Taormina la storia amorosa di sua moglie e del mulattiere siciliano Peppino D'Allura, avrebbe scritto, per filo e per segno, quello che Saglimbeni adesso ci consegna.

D'altronde, l'interesse di Saglimbeni per il periodo taorminese di Lawrence e di sua moglie è ben antico e ne abbiamo avuto prova da quanto, come giornalista, ha pubblicato da anni. Abbiamo letto ora il libro e vi riscontriamo una tale aderenza al pensiero di Lawrence ed alla sua passione descrittiva dell'eros della moglie, che basta da sola a confermare in Saglimbeni un autentico transfert, non immaginario, nel mondo "taorminese" dell'amante.

Infatti, a renderla per quella che è, questa passione, bisogna saperla immergere in quel contesto di suggestioni atmosferiche e geografiche che, scatenando emozioni, resero possibili gli abbandoni esplosivi di Frieda. Tutto questo Saglimbeni lo coglie: il sole, i paesaggi, la campagna, i riti agresti, a cominciare dall'ebbrezza delle vendemmie, il sapore acre della terra risvegliata dalla pioggia, il fluire nel sangue di musiche arcaiche ed eccitanti, come quelle di una fisarmonica sull'aia, e così via.

Bisogna avere buone capacità percettive e reattive per ricreare il mondo che scatenò, intorno a Taormina, la lussuria della celebre amante. E Saglimbeni dimostra di averle. Non solo, ma per non lasciare che la storia ci si ponga come un fatto separato, eccezionale, gratuito, il giornalista-scrittore la inquadra storicamente in una generale atmosfera di sensualità ed emozioni che in quel periodo scatenavano in Taormina amori infuocati e "diversi", dove le dolcezze erano impregnate di travolgenti voluttà, libere da consonanze e dissonanze di sessi. Alle pagine etnologiche si aggiunge dunque anche un recupero dell'affresco storico e delle cronache del tempo: Taormina riferimento dell'Europa.

Un libro con diverse angolazioni di godimento, che restituisce parte di un'atmosfera che inesorabilmente il tempo ha cancellato, ma dove viva rimane la suggestione dei ricordi: anche quelli di certe irripetibili passioni.

A difesa della sua "vera storia", Saglimbeni dedica le pagine del finale a confutare altre tesi che cambiano completamente il rapporto che la signora Frieda ebbe sia con i suoi amanti (prima e dopo l'incontro con il mulattiere di Taormina) che con il marito. Ma nel farlo non considera una cosa fondamentale: lì si tratta di "romanzo" e nei romanzi la fantasia è predominante, stravolge tutto in funzione dello scopo che il romanziere vuol raggiungere, obbedendo al "non scrupolo" della propria fantasia anche quando vuol far passare per autentiche confidenze e rivelazioni dichiarate.

Ci sono scrittori che dell'eros hanno fatto il pane quotidiano della loro produzione, sul filo dell'invenzione. Come resistere alla tentazione di mettere autenticamente le mani sulla signora Frieda Lawrence, che soltanto una "storia vera" può ricondurre nei termini della verità? I romanzi, si sa, nonostante si calino nella vita, sono tuttavia fantasiosi. Non dico bugiardi.

Melo Freni

I.

Frinivano le cicale, nell'infuocata campagna taorminese. E quel frinire, un sibilo sempre uguale, stridulo e ossessivo, era l'unico rumore che si avvertisse nei meriggianti ozi e languidi abbandoni di un fine-luglio particolarmente afoso. L'Etna, il maestoso gigante dal ventre di fuoco, si scorgeva appena, come infagottato in un immenso telone di cellophane.

Un pezzo d'Africa, la campagna della Taormina d'estate, con quella densa e fastidiosa foschia che annulla spesso i contorni, rende sbiadito il verde dei giardini e l'azzurro del mare. Ben diversa dalla gioiosa Taormina invernale, con le sue pittoresche colline e valli in fiore, le cascate di gerani e buganvillee, l'aria fine, il cielo terso ed il mare azzurrissimo: la dolce e poetica Taormina della neve sull'Etna e del mandorlo in fiore cara al pittore tedesco Ottone Geleng che per primo ne fissò le immagini sulla tela nella seconda metà dell'800.

Peppino D'Allura, figlio di contadini che avevano casa e terreni nelle colline sopra Castelmola, scendeva in groppa al mulo, subito dopo il pranzo, verso Taormina: in canottiera (grigia di polvere), i pantaloni lunghi arrotolati poco sopra le caviglie ed un fazzoletto in testa, fissato con quattro nodi agli angoli, che lo proteggeva dal solleone.

Un impegno di lavoro quasi giornaliero, quella sgroppata a Taormina. Al servizio di una ricca signora inglese che si era fatta costruire una residenza da favola in collina e vi passava tutto l'anno, andava a prendere con il mulo un'amica della padrona, la baronessa Frieda Richthofen, moglie dello scrittore inglese David Herbert Lawrence, che a Taormina era in vacanza con il marito. Amavano prendere il tè insieme, le due signore, sotto i cannicci di una splendida terrazza che guardava l'Etna ed il mare di Naxos.

Arrivava a Taormina alle 3 del pomeriggio, il giovane mulattiere. Non disponeva di un orologio, ma riusciva ad essere sempre puntuale.

Come per gli abitanti della cittadina tedesca di Koenigsberg, che sull'ora della passeggiata del filosofo Emanuele Kant regolavano i loro orologi, per quelli di Taormina era l'arrivo di quel ragazzo sul mulo un punto di riferimento per la loro giornata. Ed un punto di riferimento, soprattutto per le massaie che preparavano la cena, era il ritorno della signora a casa, alle prime luci della sera.

Aveva 24 anni, il mulattiere. Un ragazzotto dalle mani dure e dallo sguardo malinconico, statura media, fisico asciutto, ben tornito, capelli e occhi neri come la lava dell'Etna, di poche parole e di pochi sorrisi.

Timido e rispettoso, prima di presentarsi alla signora, si sfilava la canottiera madida di sudore, per indossare la camicia che teneva ripiegata in uno zaino agganciato alla sella del mulo, e si toglieva dalla testa il fazzoletto (che per lui equivaleva alla coppola).

Salutava con un rispettosissimo inchino il barbuto scrittore, curvo su carte e libri all'ombra di un gigantesco carrubo, porgeva il braccio alla signora baronessa per aiutarla a montare in sella, a sistemarsi di traverso con entrambe le gambe da una parte, e si avviavano insieme su per la collina: lei in groppa al mulo, lui a piedi.

Un tragitto lungo e faticoso, dagli otto ai nove chilometri, che la gagliarda e avvenente baronessa di sangue teutonico aveva per qualche tempo percorso a piedi, scarpinando per viottoli impervi e trazzere. Era stata poi l'amica inglese (Betty il suo nome, per i taorminesi la "signora della collina") a metterle a disposizione mulo e mulattiere.

Per compiere quel tragitto (e «viaggiare comodamente», diceva lei) quando decideva di scendere a Taormina per acquisti o in visita alle amiche, la ricca e ingegnosa signora Betty si era fatta costruire una sella di foggia particolare, originalissima, tutta in legno e cuoio, con appoggiatoio per la schiena, sostegni laterali per le braccia e due pioli sul davanti ai quali aggrapparsi quando la strada era troppo scoscesa, simile più ad una monumentale seggiola che ad una delle comuni selle da cavallo: rudimentale, certo, ma spaziosa, comoda, affidabile.

E la signora Lawrence, naturalmente, ne aveva subito approfittato, con grande entusiasmo e divertimento, intensificando da quel giorno le visite (già assai frequenti) all'amica in collina. Prese gusto ad andare da lei anche per il pranzo, oltre che per il tè, la bella e intraprendente ospite. Sempre disponibile, ovviamente, il mulattiere Peppino: sia nel primo pomeriggio che nella tarda mattinata.

Aveva 41 anni, la signora baronessa, quando montò per la prima volta in groppa ad un mulo, in quel caldissimo luglio del 1920.

Figlia di Friedrich von Richthofen (che tra i suoi nipoti annoverava un asso dell'aviazione tedesca, Manfred, famosissimo "barone rosso" della prima guerra mondiale) e madre di tre ragazzi (nati dal primo matrimonio con un professore inglese), era sempre vissuta tra i cavalli. Nelle immense tenute del padre, a Dresda, disponeva di scuderie e galoppatoio; e in Inghilterra, anche se nessuno dei due mariti era in grado di assicurarle una scuderia (scrittore già conosciuto ma ancora squattrinato, il Lawrence di quegli anni), aveva continuato a frequentare galoppatoi e ippodromi.

A Taormina, certo, doveva adattarsi e accontentarsi di un mulo: robusto, particolarmente adatto per la campagna, ma assai meno nobile del cavallo, un ibrido tra asino e cavalla poco consono ad una baronessa abituata ai galoppatoi ed agli ippodromi. Ma quel mulo con mulattiere che l'aspettava in strada, davanti alla casetta di via Fontana vecchia (allora periferia di Taormina), era più importante, per lei, di un cavallo con staffiere o di una automobile con chauffeur in livrea.

E lo sarà ancora di più quando, con il suo devoto, timido, impacciatissimo e sessualmente poderoso mulattiere, la bella ed esuberante baronessa approfondirà le "gioie della carne", abbandonandosi ai "giochi erotici sotto la pioggia" che la renderanno famosa come ispiratrice di un celebre romanzo-scandalo del primo Novecento, *L'amante di Lady Chatterley*, scritto dal marito e stampato in Italia nel 1928.

Avvennero in un vigneto sopra Taormina, quei "giochi", trasferiti poi dal romanziere Lawrence in un bosco inglese.

II.

David Herbert Lawrence, cantore dell'eros, della virilità, del «tripudio dei sensi nell'istintivo e salutare abbraccio con la natura», soggiornò a Taormina per poco più di due anni, dal gennaio del 1920 al febbraio del '22.

Era la Taormina dei "grandi peccatori", in gran parte omosessuali, già famosa in Europa per i suoi paesaggi, ma soprattutto per i nudi dei giovani figli di contadini e pescatori che il barone-fotografo tedesco Wilhelm Gloeden aveva ripreso in pose languide e inquietanti.

Un'orgia di corpi nudi, nella quale si era tuffato con passione e straordinario godimento il dandy più geniale dell'Ottocento letterario inglese, Oscar Wilde, che fu il primo ad esibire quelle foto nei salotti londinesi. Andava fiero, il bellissimo Oscar, di averli agghindati personalmente ed amorevolmente, quei "meravigliosi ragazzi", per l'obiettivo del barone-fotografo Gloeden.

Ma il nome di David Herbert Lawrence, occorre subito precisare, non figura nel lungo e blasonatissimo elenco dei "grandi peccatori" di Taormina.

I "peccati", tra uomo e donna nel suo caso, trattandosi di un cantore e cultore dell'amore eterosessuale (il «sesso che genera la vita ed è esso stesso vita», per citare le sue parole), lui li raccontò, non li visse, o li visse per troppo breve tempo, poco prima e poco dopo il matrimonio.

Raccontò quelli degli altri, nei dettagli più scabrosi e imbarazzanti, con un realismo che a qualcuno sembrò ossessivo, se non proprio maniacale, espressione di quel "naturismo erotico" che sarà il tema dominante della sua narrativa: la sensualità istintiva come forza esaltante della natura e dell'amore, contro i mali del cerebralismo, i tabù e le ipocrisie borghesi che soffocano terribilmente natura, amore, vita.

C'erano anche quelli della moglie, tra i peccati che il romanziere Lawrence raccontò. La descrisse nuda e sensualissima tra i cespugli sotto la pioggia e sul giaciglio della capanna nel bosco con il guardacaccia amante, nel "romanzo dello scandalo" che gli tirò addosso lo sdegno e l'ostracismo della puritana Inghilterra vittoriana («sudicio libercolo di un marito guardone e impotente», lo definirono i critici suoi connazionali, dopo aver letto le prime copie della edizione stampata in una tipografia di Firenze a spese dell'autore, e per più di trent'anni gli editori d'oltre Manica si rifiuteranno sdegnosamente di pubblicarlo).

Aveva 35 anni, David Herbert Lawrence, quando arrivò a Taormina. Godeva già di una buona popolarità, in Gran Bretagna e anche all'estero (*Figli e amanti*, *L'arcobaleno*, *La fanciulla perduta*, i suoi romanzi più noti). Al tiepido clima mediterraneo il giovane scrittore chiedeva un po' di sollievo per i suoi martoriati polmoni, corrosi dalla tisi che lo avrebbe portato alla tomba a soli 45 anni.

Un tipo chiuso, introverso, alto e filiforme, barba e capelli rossicci, il volto scavato, visibilmente sofferente. La moglie, al contrario, era una forza della natura: sei anni più di lui, bionda ed esuberante, un corpo da valchiria, per nulla appesantito dalle tre maternità, seni prepotenti, una sensualità istintiva.

Piaceva tanto al Lawrence scrittore, quella donna dal temperamento forte, passionale, la sua prorompente gioia di vivere e d'amare; era piaciuta, prima e non meno che allo scrittore, al Lawrence marito, che grazie a lei aveva superato i gravissimi traumi di una giovinezza freudianamente dominata da una madre fin troppo possessiva e ossessiva (raccontati drammaticamente nell'autobiografico *Figli e amanti*).

La malattia, poi, aveva rovinato tutto. Stremato da frequenti sbocchi di sangue, il cantore dell'eros e della virilità aveva dovuto dimenticare le "gioie della carne"; e la moglie, quelle gioie, le aveva cercate altrove. Dico meglio, aveva continuato a cercarle altrove, perché le scappatelle sentimental-sessuali, più sessuali che sentimentali, la signora baronessa se le era sempre consentite, anche quando il marito era in perfetta salute.

Addirittura in viaggio di nozze, a leggere i giornali inglesi, la neo signora Lawrence non aveva esitato a piantarlo per mezza giornata in albergo per appartarsi con un boscaiolo spagnolo in una baita sui Pirenei. Ed al primo marito, che aveva 14 anni più di lei, ne aveva combinato di tutti colori: anche con il giovane Lawrence, che a casa del professore andava per prendere lezioni di francese e finì col prendere lezioni anche dalla signora, di sesso.

Una baronessa dal sangue caldo, insomma. Ragazza vivace ed inquieta, espulsa per le sue irrequietezze sentimentali (e sessuali) dai migliori collegi tedeschi, Frieda aveva sposato molto giovane, non ancora ventenne, uno dei suoi professori inglesi, Ernst Weekley, 34 anni, che insegnava allora in Germania, con il quale, dopo aver tentato la carriera della danzatrice a Dresda, si era poi trasferita in Inghilterra (a Eastwood, nel Nottinghamshire, dove lui aveva ottenuto una cattedra all'università). Un matrimonio tutt'altro che felice, nonostante la nascita di tre figli (due bambine ed un maschietto), che non poteva non finire prima in separazione e poi in divorzio.

David Herbert Lawrence viveva in quella stessa cittadina. A Eastwood era nato, figlio di un minatore (un uomo rude, tutto istinto e sesso) e di una insegnante elementare (tutta virtù e intelletto): sarà causa di forti tensioni in famiglia, quella diversità culturale, ed avrà una forte incidenza anche sulla formazione del ragazzo, oltre che del futuro scrittore.

Insegnante elementare pure lui (per volere della madre), aveva pubblicato a 26 anni il suo primo romanzo, *Il pavone bianco*, e, appena un anno dopo, *Il peccatore* e *Figli e amanti*: c'era già, inquietante, il tema della sensualità come forza istintiva ed esaltante della natura, modellata certamente sulla figura del padre.

Lo incontrò e frequentò dunque in casa propria, la signora Frieda Weekley. Lo irretì, dovremmo dire. Perché il giovanotto, che di sesso aveva tanto scritto nei suoi romanzi ed in tormentatissime poesie, ne era in realtà completamente a digiuno.

Colpa della madre, possessiva e ambigua nei suoi rapporti di affetto, portata a privilegiare le ragioni dell'intelletto su quelle dei sensi, la quale era riuscita a togliergli di torno anche la ragazza che David avrebbe voluto sposare.

Arrivò Frieda, per sua fortuna, e lo iniziò lei alle «gioie della carne». Esplodeva così, nel giovane scrittore, «la tigre che è dentro di noi» (parole sue), per troppi anni «ingabbiata».

«Credo che un uomo», scriveva l'innamoratissimo Lawrence, «nasca due volte: prima è la madre che lo porta in grembo, poi dev'essere di nuovo generato dalla donna che ama».

Ed ancora: «La mia grande religione è la fede che il sangue, la carne siano più saggi dell'intelletto. Possiamo sbagliare con la mente, ma ciò che sente e crede e dice il nostro sangue è sempre vero».

L'uomo e lo scrittore, insomma, agivano ormai in perfetta sintonia. Si sposarono nel 1914: lui 29 anni, lei 35. E per i coniugi Lawrence (a parte qualche scappatella della signora) furono anni felici. Si amarono "furiosamente" (per usare un termine a lui caro), viaggiarono molto. Intensissima, in quel periodo, la produzione letteraria del super-appagato David: romanzi, racconti brevi, novelle, saggi, libri di viaggi.

Poi, improvvisa (e quasi sempre senza speranza, purtroppo, in quegli anni), la tegola della malattia. Scelse Taormina, il giovane scrittore, per passarvi qualche anno, sperando nel dolce clima di Sicilia che quarant'anni prima aveva salvato dalla tisi il barone-fotografo Gloeden.

«Abbiamo trovato una casetta piccola ma molto bella, con un giardino che sembra una immensa terrazza sospesa tra cielo e mare: potremmo anche decidere di restare qui per sempre», scrisse ad un amico londinese.

E la moglie le trovò subito un nome, "casa del nespolo", in omaggio al Verga de *I Malavoglia*, del quale Lawrence era già appassionato lettore e che avrebbe poi tradotto, con tanto amore e risultati più che eccellenti, in inglese.

«Forse la nostalgia più profonda che io abbia mai provato», scriverà David Herbert Lawrence qualche mese prima di morire «è la nostalgia per la Sicilia che mi è venuta rileggendo Verga. Non per l'Inghilterra o per qualsiasi altro Paese: per la Sicilia, quella che più di ogni altro luogo ti entra nel sangue».

La casetta era di appena due stanze, cucina e servizi: il salottino con un tavolo da pranzo che gli serviva anche per lavorare e la camera da letto.

La zona era quella di Fontana vecchia, allora campagna, al di fuori delle mura arabe che delimitavano il centro abitato. Il giardino, sì, era grande, molto grande: cipressi secolari, ulivi, mandorli, alberi da frutta d'ogni genere (molti i nespoli) e un gigantesco carrubo nel cortile, tra cucina e camera da letto, che fu causa di accesi contrasti tra proprietario e inquilino.

Il padrone di casa lo voleva tagliare, temendo che le radici arrivassero, prima o poi, a spaccare le pareti in mattoni rivestiti di cemento della cisterna per la raccolta dell'acqua piovana; ma lo scrittore non intendeva rinunciare a quella deliziosa ombra per i suoi pomeriggi di lavoro all'aperto.

La spuntò l'inquilino, dopo molte discussioni, e il carrubo restò lì. «È prezioso non soltanto perché ci difende dal solleone», leggiamo in una delle pagine da lui dedicate a Taormina. «Questo è l'albero che meglio rappresenta la terra di Sicilia, simbolo di forza fisica, di virilità».

Era il suo chiodo fisso, la virilità. E proprio quella, con la tisi galoppante, gli veniva sempre più a mancare. Ma lui continuava a sperare nel miracolo (o s'illudeva). Lavorava e scriveva con accanimento, libri sempre più impregnati di sensualità, che agli editori inglesi facevano storcere il naso, prima ancora che scoppiasse lo scandalo Chatterley: *Donne innamorate*, *La verga di Aronne*, *Il ragazzo nella boscaglia*, i romanzi del suo soggiorno taorminese.

Viste le difficoltà che incontrava per pubblicare in Gran Bretagna i suoi libri (il romanzo *L'arcobaleno* era stato già bandito dalle librerie inglesi per oscenità), si rivolse a un editore americano. I manoscritti li affidava al padrone di casa, Francesco Cacopardo, cuoco sui piroscafi che facevano la spola tra l'Europa e gli Stati Uniti. Un corriere di sicuro affidamento, che gli consentiva di non correre rischi con le poste italiane (allora molto precarie ed insicure).

Frieda gli era accanto, amorevole, premurosa. Ma non tutto, bisogna dire, in casa filava liscio. La malattia e ancora di più la frustrazione e la umiliazione dell'impotenza rendevano il giovane scrittore ombroso, scorbutico, irascibile per un nonnulla, persino manesco nei confronti della moglie, la quale, naturalmente, sapeva all'occorrenza tirar fuori gli artigli.

E dalla strada, insieme alle urla in inglese e in tedesco, si sentiva spesso il fragore di piatti e bicchieri che si infrangevano per terra o contro le pareti: era lui (e soltanto lui) il lanciatore di piatti; e la signora, che per fortuna non ne era mai il bersaglio diretto, quella che provvedeva poi a rimpiazzarli, con ammirevole pazienza e tanta comprensione, andando l'indomani a ricomprarli.

Scene di ordinaria routine, per i coniugi Lawrence, a Taormina. Discussioni accesissime, scontri furiosi (e fragorosi), ma niente "rotture" irreparabili, niente minacce di separazione o divorzio, né dall'una né dall'altra parte. Il ménage restava più che solido: senza sesso (pur continuando marito e moglie a dormire nello stesso letto), tra incomprensioni e litigi d'ogni genere, anche per un nonnulla, ma con tanto affetto (certamente da parte di lei).

Non molti i viaggi, in quei due anni. A Firenze lui si sottoponeva periodicamente a visite di controllo, e ne approfittavano per girare un po' per l'Italia. A Baden Baden, in Germania, lei andava per far visita alla madre (anziana e cagionevole di salute), e lui la raggiungeva lì, dopo la solita sosta a Firenze o a Venezia (due città che adorava). Una brevissima puntata a Menton, in Francia, una a Malta ed un soggiorno estivo di due mesi in Austria, nel 1921. Da Palermo, partirono in nave per la Sardegna, alla quale Lawrence dedicherà uno dei suoi libri di viaggi, *Mare e Sardegna*, che scriverà proprio a Taormina.

Le giornate di David Herbert Lawrence trascorrevano tra lunghe passeggiate e il lavoro. Non aveva molti amici, frequentava poco i salotti dei suoi connazionali che infoltivano sempre di più la colonia degli stranieri a Taormina. Quando al San Domenico (già in quegli anni uno degli alberghi più famosi del mondo) arrivò in vacanza Giorgio V d'Inghilterra, lo scrittore Lawrence fu l'unico inglese di Taormina a non rendere omaggio al sovrano.

Andò re Giorgio in gita dalle parti di Fontana vecchia e lo incontrò per caso in strada: tornava a casa, lo scrittore, con la brocca d'acqua che aveva appena riempito alla vicina fonte (una sorta di rito giornaliero, per lui).

«Avete scelto di vivere nel posto più bello del mondo», disse il sovrano al suo illustre suddito, stringendogli calorosamente la mano.

E lui: «È una scelta riservata ai comuni mortali: potreste farla anche Voi, se la vostra vita fosse da comune mortale e non da re d'Inghilterra».

Le passeggiate cominciavano molto presto. «È alba piena», leggiamo in un'altra delle sue pagine su Taormina. «Alba, non mattino: il sole non è ancora comparso. Nella luce rossa il villaggio è quasi buio, ancora addormentato. Non c'è nessuno alla fonte, presso il cancello dei Cappuccini: è ancora troppo buio. Un uomo che conduce un cavallo svolta l'angolo di palazzo Corvaja. Sul Corso, un paio di uomini scuri ...

«Saliamo fino al sommo colle, sulla nuda fronte del colle. È la costa dell'alba della Sicilia, questa. La costa dell'alba d'Europa, anzi. Erta come una rupe immensa protesa verso l'alba. Un'alba rossa, ove si mescolano scure nubi rapprese, e qualche nuvola d'oro. Devono essere le 7, non di più. La stazione ferroviaria è giù, vicina al mare ... L'Etna, di là, è avvolto fino in basso, molto in basso, in una fitta nuvolaglia nera come l'inchiostro. Sta combinando certo qualche sua segreta diavoleria».

A tre-quattrocento metri dalla fontana dei Cappuccini e dal palazzo Corvaja, c'era il grande teatro all'aperto edificato dai greci e ricostruito dai romani. «Mai il pubblico ha avuto innanzi a sé uno spettacolo simile», aveva scritto nel 1787 il tedesco Johann Wolfgang Goethe, dopo aver ammirato dalla sommità della cavea il fumigante Etna ammantato di neve e la baia di Naxos.

L'inglese Lawrence vi si recava alle prime luci dell'alba. «Taormina non è soltanto un luogo d'incanto, creato da Madre natura per deliziare gli uomini: è anche uno dei più affascinanti musei all'aperto del mondo, creato dagli uomini per esaltare le grandi civiltà del passato, e nel quale ci si sente come se si fosse vissuti per migliaia di anni», scriveva.

La moglie lo accompagnava sempre in queste passeggiate mattutine. Affascinata anche lei, come il marito, dal "respiro dei secoli" che si avvertiva su quelle antiche pietre, lo era ancora di più dagli splendidi paesaggi.

Citava spesso, parlando con gli amici, il giudizio davvero esaltante che il suo illustre connazionale Goethe aveva dato su questo paesino: «un angolo di paradiso sulla Terra». E quelli del francese Guy de Maupassant («Non è che un quadro, questa Taormina, ma un quadro in cui si trova tutto ciò che sembra fatto sulla Terra per sedurre gli occhi, lo spirito, la immaginazione»), dell'italiano Edmondo De Amicis («Credo poco all'inferno, ma credo al paradiso, perché l'ho visto: è questo»).

Anche per la signora Lawrence, come per gli illustri visitatori del passato, Taormina era un pezzo di paradiso sulla Terra. In inverno come in estate. Per il marito, lo era certamente in inverno, in primavera, in autunno, non in estate. Il caldo afoso di certe giornate di luglio ed agosto non giovava, purtroppo, ai suoi polmoni martoriati dalla tisi.

III.

Tornavano a casa dalla passeggiata mattutina intorno alle 8, i coniugi Lawrence. Una prima colazione abbondante, all'inglese, e lo scrittore era subito al lavoro, mentre Frieda era di nuovo pronta per uscire. Le ore che il marito passava sui libri, lei le dedicava alle scarpinate in campagna.

Prima nei dintorni di Taormina, poi su fino a Castelmola (un villaggio con poche centinaia di abitanti, 550 metri sopra il livello del mare, che faceva parte allora del Comune di Taormina), ed infine alla residenza dell'amica inglese in collina, a quasi 900 metri di altezza.

Gli otto o nove chilometri (che si raddoppiavano tra andata e ritorno) per pranzare o soltanto per prendere il tè con l'amica Betty, la signora Frieda Lawrence li percorse a piedi per più di cinque mesi. Arrivò a fine luglio l'offerta del mulo con seggiola e mulattiere da parte della generosissima amica.

Ed un giorno, ai primi d'agosto, quando l'invito era per il pranzo e Peppino era andato a prenderla nella tarda mattinata, la "signora della collina" attese invano l'amica per l'ora del pranzo. Un improvviso temporale bloccò la baronessa ed il giovane mulattiere poco oltre l'abitato di Castelmola. Dovevano ripararsi in qualche posto. C'era un vecchio casolare-palmento a portata di strada, al centro di un vigneto. Peppino ne aveva le chiavi: era proprietà del padre. Vi si rifugiarono, con gli abiti fradici di pioggia.

Frieda era bellissima, divertita, eccitata da quel contrattempo. Il suo giovane accompagnatore, premuroso e impacciatissimo, le trovò un giaciglio fatto di stracci dietro il paravento di una catasta di ceste e canestri, un paio di logori grembiuli per asciugarsi, di quelli che le contadine usavano per la vendemmia o per metterli in testa arrotolati a salsicciotto sotto le ceste, ed uscì fuori dopo aver chiuso rispettosamente la porta. Ma la bella straniera non restò dentro per molto.

Peppino se la vide sfilare davanti, con addosso un grembiule che le lasciava scoperte le bellissime gambe color dell'avorio, e non soltanto quelle. Voleva sfidare ancora la pioggia, la signora, sempre più divertita ed eccitata, correndo su e giù per il vigneto, ebbra di gioia. Si liberò ben presto anche del grembiule, ed agli occhi del suo allibito accompagnatore apparve come una dea discesa dall'Olimpo.

Lo chiamava a gran voce, la incantevole baronessa, con le poche parole di italiano che aveva appreso nei pochi mesi del suo soggiorno a Taormina, voleva che anche lui partecipasse all'ebbrezza.

«Peppino, anche tu qui, vieni, pioggia bellissima, vieni, vieni, Peppino, Peppinoooo! ...».

Fece timidamente qualche passo avanti, il mulattiere, vestito ancora di tutto punto, con la camicia ed i pantaloni inzuppati di pioggia e incollati alla pelle, che non aveva osato togliere dentro il casolare, davanti ad una signora, e non osava togliere neppure fuori, nel vigneto.

Ma lei lo voleva nudo come mamma l'aveva creato.

«Senza vestiti anche tu, via tutto, fai come me, Peppino, bellissima la doccia sotto la pioggia, corri, corri con me ...».

E poiché lui restava lì impalato, non accennando né a spogliarsi né a muoversi, andò lei a spogliarlo. Cominciarono così, galeotto un temporale di agosto, i loro "giochi erotici sotto la pioggia".

«Connie», leggiamo in una delle pagine più stimolanti ed eccitanti del romanzo *L'amante di Lady Chatterley*, delizia e turbamento di tante generazioni per tre quarti di secolo, «corse fuori con un riso selvaggio, porgendo i seni alla pioggia sferzante e allargando le braccia ... Correva come una figura indistinta nella pioggia, con quei movimenti di danza euritmica che aveva imparato tanti anni prima a Dresda ...

«Era una forma pallida e strana che correva qua e là, si sollevava e ricadeva leggera, piegandosi, curvandosi in modo che la pioggia cadesse scintillante sui fianchi pieni, e rialzandosi di nuovo, avanzando col ventre avanti per poi abbassarsi ancora, in modo che soltanto i fianchi e le natiche luccicanti si offrissero al suo uomo ... La pioggia continuava a cadere su di loro a scroscio, su quei corpi nudi che, avvinghiandosi, parevano fumanti ...».

Non era diversa la quarantunenne Frieda, nella sua furiosa ed eccitante corsa sotto la pioggia, dalla ventisettenne Connie Chatterley, protagonista del romanzo di Lawrence. E non era diverso (a parte l'impacciatissimo approccio) il ventiquattrenne mulattiere siciliano Peppino D'Allura dal trentasettenne guardacaccia inglese Oliver Mellors che con la giovane e insoddisfatta sposa del nobile intellettuale Clifford Chatterley si abbandonava ai "giochi erotici sotto la pioggia" nel bosco di Wragby.

«Corse fuori anche lui, dopo essersi tolto i vestiti di dosso», leggiamo ancora nel romanzo. «Correva, nudo e bianco, ad inseguire per il bosco le natiche tonde e splendenti della sua Milady, quella meravigliosa nudità femminile che aveva deciso di sfidare la pioggia sferzante ...

«La raggiunse, la strinse furiosamente a sé, e quella tenera carne fredda di pioggia, al solo contatto con il corpo di lui, diventò calda come una fiamma ...

«Poi, d'improvviso, la rovesciò a terra, sopra un sentiero che era già una pozzanghera, e le cadde sopra, nell'urlante silenzio della pioggia che continuava a cadere fittissima. La prese così, rapido e violento; e rapido e violento venne all'orgasmo, come un animale ...».

Andarono allo stesso modo le cose nel vigneto di Castelmola, spiegherà Peppino agli amici, ma solo nella parte finale, quella dell'amplesso nel sentiero trasformato in pozzanghera. Prima erano andate in maniera assai diversa e non certo onorevole per un siciliano di 24 anni, timido e incredibilmente imbambolato di fronte alla splendida Venere nuda che lo invitava a spogliarsi per "giocare" nudo con lei nel vigneto sotto la pioggia.

Solo per timidezza, per imbarazzo? Non soltanto per la sua timidezza, per il comprensibile imbarazzo del servitore devoto e rispettoso nei confronti della baronessa amica della sua padrona: anche, se non soprattutto, per lo shock.

Una donna completamente nuda (lo confesserà candidamente lo stesso Peppino, quando deciderà di parlarne con gli amici in osteria, dopo la partenza della signora), lui l'aveva vista solo in fotografia, durante il servizio militare a Messina, mai in carne ed ossa, anche se rapporti occasionali con contadine giovani e meno giovani, sotto un albero o in un campo di grano (mai a letto), ne aveva avuti.

Andò Frieda, splendida e splendente di pioggia nella sua invitante nudità, a spogliarlo, usando violenza alla sua timidezza, al suo imbarazzo. Gli strappò letteralmente di dosso la inzuppatissima camicia, la signora baronessa, e gliela strizzò sulla testa divertendosi come una mamma con il proprio bambino nel bagno, ridendo da matta e sfiorando più volte con le labbra, come a volerlo mordere, quel suo petto ben tornito.

Non poté non abbozzare un timido e rispettoso sorriso, il devoto Peppino, ed era il suo primo sorriso da quando aveva aiutato la signora a montare per la prima volta in groppa al mulo davanti alla casetta di via Fontana vecchia. Passò poi a sfilargli la cintura, la intraprendente teutonica.

Ebbe un fremito, il ragazzo, mentre lei si accingeva ad abbassargli i pantaloni, indugiando maliziosamente, con mani, gomiti e seni lucidi di pioggia, su quel basso ventre già visibilmente rigonfio. Fece per girarsi dall'altra parte, l'imbarazzatissimo Peppino, quasi vergognandosi di farsi vedere nudo e con il pene super-eccitato.

Glielo impedì lei, con gesto deciso, di girarsi dall'altro lato. Ma i pantaloni non fece in tempo a sfilarglieli. Arrivò subito all'orgasmo, il ragazzo.

«No, nooo! ... Non così, Peppino ...», si rabbuiò d'un colpo la signora. Sul suo volto, la rabbia e la delusione di chi riteneva di essere stata defraudata di qualcosa.

E più rabbuiato del suo, per la figuraccia di quella precocissima eiaculazione, era il volto del ragazzo. Cosa avrebbe pensato di lui la bella signora straniera? Che si trovava di fronte un "maschio" siciliano incapace di soddisfare una donna?

Era sconvolto, il buon Peppino, per il timore di essere considerato come certi contadini di sua conoscenza, sul conto dei quali nelle campagne di Castelmola si raccontavano fatti e situazioni non certo onorevoli.

Ne aveva tanto parlato anche lui con gli amici in osteria: di mariti impotenti e delle loro insoddisfatte giovani e meno giovani mogli che si appartavano con gli amanti sotto un albero, sui campi di grano o nei fienili. Ed una di quelle sfortunate mogli, una soda contadinotta sui trent'anni, era stato proprio lui a "consolarla" per qualche tempo: sotto un albero, in piena campagna, mai a letto, e senza mai vederla completamente nuda.

No, non si sentiva affatto un ragazzo sessualmente incapace, il mulattiere Peppino D'Allura.

Il guaio era che ragazze o mogli "disponibili", nelle campagne di Castelmola, se ne trovavano poche. Ed i periodi di forzata astinenza, per il giovane Peppino come per i suoi amici, erano spesso troppo lunghi, un tormento indicibile. Comprensibile, dunque, la sua amarezza, la rabbia. Le aveva tanto desiderate, le donne, da quando aveva 14 anni: non sempre trovandole, purtroppo. E adesso, con la fortuna che aveva avuto di trovarne una così affascinante, disponibile e vogliosa di sesso, rischiava di pregiudicare tutto.

Comprese subito il dramma di quel ragazzo, la signora baronessa.

«Non ha saputo resistere, eh, il tuo impetuoso Peppinone ...», gli disse sorridendo. «Ma non devi essere triste, non devi assolutamente preoccuparti».

Comprensiva ed amorevole, si abbassò fino ad inginocchiarsi ai piedi del suo giovane mulattiere, anche lui ormai completamente nudo, cingendo con i suoi turgidi seni lucidi di pioggia quel pene non più turgido ma ancora fremente, anche se ormai svuotato.

Un gesto di grande tenerezza, assolutamente inimmaginabile in una "vestale del sesso-peccato" che in quel vigneto, come nella baita sui Pirenei con il boscaiolo spagnolo mentre era in viaggio di nozze, cercava chiaramente non amore e tenerezze, ma il maschio, l'accoppiamento carnale, sensazioni forti, il trionfo dell'erotismo.

Restò per un paio di minuti in quella posizione di tenero

abbandono. E, prima di alzarsi, lo baciò con dolcezza, il membro dei suoi desideri, ridiventato ormai piccolo piccolo.

No, non poteva essere messa in dubbio (lo intuì subito la signora) la virilità di quel ragazzo. La passionale e tenacissima Frieda, che aveva già compiuto il miracolo con lo scrittore Lawrence quando non era ancora suo marito, iniziandolo lei alle "gioie della carne" e facendo esplodere in lui «la tigre che è dentro di noi», riuscirà in breve (addirittura in pochi minuti) a trasformare il suo giovane e impacciatissimo mulattiere, avvilito per quella figuraccia così poco onorevole per un siciliano, non in una "tigre" ma in un "torello". Ed avrà poi tutto da lui, dalla «fiera esplosione della sua potenza virile» (per usare ancora le parole di Lawrence), in diciannove mesi di «incontri d'amore e furiose passioni».

La pioggia era sempre molto fitta, ma non violenta come all'inizio del temporale.

«Vieni, corriamo insieme, è bello correre nudi sotto la pioggia», disse la signora al suo giovane accompagnatore, prendendolo affettuosamente per mano. Ma gliela lasciò subito, la mano, dopo aver compiuto pochi passi, e scappò via con un guizzo felino. «Corri, vieni a prendermi, se ce la fai», lo provocava.

Giocava a far la preda, la signora baronessa, irridendo il cacciatore che si muoveva con impaccio ed una certa goffaggine, non riuscendo a staccare dal basso ventre la mano che teneva bloccato il pene in libertà.

Si fermava pochi istanti, la signora, come a dirgli "eccomi, sono qua", e scappava di nuovo, prima che lui riuscisse a ghermirla o semplicemente a sfiorarla. Riprendeva a correre allegramente e freneticamente, la eccitatissima Frieda, zigzagando fra tralci, pampini e grappoli d'uva ancora acerba, saltando da un ripiano all'altro del vigneto e rischiando (con certi salti acrobatici) anche l'osso del collo.

Si concluderà nel sentiero trasformato in pozzanghera quella forsennata corsa sotto la pioggia, quando la signora Lawrence si deciderà finalmente a fermarsi. Sarà lei, dopo avere abbrancato e stretto a sé furiosamente il suo cacciatore, a trascinarlo giù nella pozzanghera, e Peppino potrà questa volta penetrarla con l'impeto di un torello scatenato, «nell'urlante silenzio della pioggia» che continuava a sferzare i loro «corpi fumanti».

Una sola differenza, rispetto al romanzo: nel bosco inglese era il guardacaccia Mellors a prendere Connie ed a rovesciarla per terra, e «rapido e violento venne all'orgasmo, come un animale»; mentre nel vigneto di Castelmola fu la signora ad abbrancare e trascinare Peppino nella pozzanghera per il loro primo felicissimo rapporto carnale.

Rientrarono abbracciati, la signora baronessa ed il suo "torello", nel casolare-palmento. Premuroso ed ancora con qualche impaccio, Peppino trovò un altro grembiule e lo porse alla signora perché si asciugasse.

«Asciugami tu», gli ordinò lei. Si asciugarono a vicenda. Sorridente e felice, la signora cinse ancora le braccia al collo del suo ragazzo, lo baciò a lungo sulla bocca, con tanta passione, per lasciarsi poi cadere con lui sul giaciglio di stracci, baciarlo ancora dalla testa ai piedi ed accovacciarsi infine ai suoi piedi. «Un gigante, bello e fortissimo, il mio piccolo grande torello Peppino ...», le ardenti parole della super-appagata Frieda.

Di bello aveva poco, in realtà, quel corpo da torello che tanto la esaltava.

Niente a che vedere con i nudi dei giovani figli di contadini e pescatori che Wilhelm von Gloeden aveva fotografato trent'anni prima per la gioia di Oscar Wilde e degli intellettuali-gay di mezza Europa.

Niente a che vedere con «l'ideale di bellezza da Grecia antica» (per dirla con Anatole France) che «la Taormina pastorale aveva importato dalla vicinissima Naxos, prima colonia greca in Sicilia».

Nell'aspetto, era tutt'altro che irresistibile, il mulattiere Peppino D'Allura. Piuttosto goffo, con quelle sue gambe troppo corte che stridevano vistosamente con le cosce troppo grosse (queste sì, da torello), e quel buffo disegno a zebra che il sole aveva impresso sulla sua pelle.

Abbronzantissimo in faccia, sulle braccia, attorno al collo e per gran parte delle spalle, non sull'addome, ai fianchi, sulla schiena, che erano invece bianchi come il latte, per effetto della canottiera che Peppino non toglieva neppure sotto il solleone. E bianchissimo era dalla cintola in giù fino alle caviglie, che erano invece nere come tizzoni, per l'antica abitudine dei contadini siciliani di lavorare anche in piena estate con i pantaloni lunghi arrotolati appena sopra la caviglia, nell'orto di casa come nei campi di grano.

Ma per la signora Lawrence, è chiaro, quel ragazzotto dalle spalle forti e mani dure, gambe corte e cosce grosse da torello, così ben dotato sessualmente (a parte la défaillance, ormai dimenticata, del primo approccio), era bello ed affascinante almeno quanto uno dei guerrieri greci immortalati dalle statue di Fidia e Prassìtele. Se ne stava lì a divorarselo con gli occhi, il suo vigoroso guerriero-torello, accovacciata ai suoi piedi sopra un giaciglio di stracci.

E Peppino? Lui era come in trance. Ancora sotto l'effetto dello stordimento per quello che era avvenuto, sdraiato a pancia in su, le braccia larghe come in croce, non osava neppure aprire gli occhi, per il timore forse che la meravigliosa ed esaltante avventura che stava vivendo si rivelasse un sogno destinato a svanire al momento del risveglio.

Si sdraiò anche Frieda, di traverso a lui, appoggiando la testa sul basso ventre del suo Peppino.

Da una finestra socchiusa filtrava un raggio di sole. Era definitivamente cessato il temporale che quel "tripudio di sensi" aveva scatenato. Si alzarono molto a malincuore, la signora baronesa ed il suo mulattiere, per riprendere la strada su per la collina. Gli indumenti di lei non erano completamente asciutti e quelli di Peppino erano ancora inzuppati, ma li indossarono ugualmente.

Erano le 4 del pomeriggio quando la coppia lasciò il vigneto. Il cielo era tornato terso come nella prima mattinata, ma il temporale non aveva per nulla rinfrescato l'aria ed il sole, più infuocato di prima, rendeva fumanti le zolle gonfie d'acqua, come fossero campi sulfurei. Un'ora dopo, Frieda era sulla terrazza dell'amica: non per il pranzo, ma per il tè. Aveva tanta fame e, dopo il tè con tanti biscotti, divorò una cesta di frutta.

All'amica racconterà tutto, naturalmente, della disavventura. Non di quello che, galeotto il temporale, era poi avvenuto nel vigneto. Lo aveva chiesto e raccomandato Peppino, alla signora baronessa, di non dire nulla alla sua amica Betty, temendo chissà quali fulmini da una padrona "burbera e bigotta", con punizioni che (a sentir lui) potevano arrivare anche al licenziamento del «servitore che aveva mancato di rispetto all'ospite» (timori assolutamente infondati, come lo stesso Peppino avrà modo di verificare qualche mese dopo, quando la "signora della collina" saprà).

Anche al marito, la sera, Frieda racconterà l'accaduto. E con lui non si limiterà alla prima parte, alla disavventura (divertente, tutto sommato, in piena estate) del violento temporale con precipitosa fuga verso il casolare-palmento. Gli racconterà anche la seconda parte, l'avventura (felicissima) dei "giochi erotici sotto la pioggia", dell'accoppiamento "animalesco" nel sentiero trasformato in pozzanghera.

Racconterà tutto, proprio tutto, al marito: nei dettagli più scabrosi (e per lei, chiaramente, non imbarazzanti), stando alla dovizia di particolari con cui lo scrittore Lawrence ci delizierà poi nel romanzo.

IV.

L'indomani, alle 11, erano di nuovo nel vigneto. E questa volta non fu un improvviso temporale a spingerli dentro il casolare-palmento, ma la grande e irresistibile voglia di tornare a stendersi nudi sul giaciglio di stracci. L'appuntamento con la "signora della collina" era per il pranzo, e non avevano dunque molto tempo a disposizione.

La giornata era bellissima: niente foschia sull'Etna, e il caldo non era asfissiante come nei giorni che avevano preceduto il temporale.

Entrò dentro da solo, Peppino, non per stendersi subito sul giaciglio ed attendere che anche la signora si spogliasse, ma per prendere una brocca e andare a riempirla d'acqua fresca alla sorgiva della grotta, dietro il casolare.

Frieda era rimasta fuori. Accovacciata sopra un sedile in pietra addossato al muro, si era arrotolata il vestito sul basso ventre per esporre al sole le sue splendide gambe color dell'avorio. Un incanto (all'uscita) per il giovane mulattiere, il quale non poté trattenersi dal chinarsi su di lei per baciargliele, quelle splendide gambe, con tanta dolcezza.

Non arrossiva più, il ragazzo, nella intimità con la signora baronessa.

«Torno subito», disse poi alla signora e sparì dietro l'angolo, mentre lei continuava a crogiolarsi al sole.

Ritornò con la brocca piena ed un giglio di campo ad alto fusto, molto bello, con i fiorellini rosa a grappoli: per Frieda, naturalmente.

«Dove hai trovato un fiore così delizioso?», gli domandò la signora, felicissima per l'omaggio (il primo che riceveva dal suo mulattiere).

«Ce ne sono tanti, dietro il muro», rispose Peppino.

E lei, prendendolo per mano: «Andiamo, voglio vederli».

Erano davvero tanti, appena voltato l'angolo del casolare, i gigli di campo, e tutti molto alti, in un fazzoletto di terra che la roccia quasi a picco riparava dal solleone.

«Crescono da soli, senza essere stati mai piantati da nessuno, e si riproducono sempre nello stesso posto», le spiegò il mulattiere (per "inseminazione naturale di stami e pistilli", precisano con termini tecnici gli esperti di botanica).

«Che meraviglia!», esclamò Frieda, correndo ad accarezzarli uno ad uno. E scomparve, la signora baronessa, immergendosi in quel delizioso giardinetto tutto rosa, per riemergere dopo pochi secondi senza niente addosso.

Una meraviglia, per Peppino, era quel corpo completamente nudo, sul quale (dopo gli impacciatissimi momenti dell'approccio) si era tanto esaltato il giorno prima, nel sentiero trasformato in pozzanghera.

Fu lui questa volta, ormai del tutto privo di inibizioni, ad abbracciare e stringere a sé la signora baronessa. La strinse con forza, con quelle sue braccia forti e mani ruvide, la baciò a lungo, sulla bocca, sul collo, sui seni, sull'ombelico, per finire inginocchiato davanti a lei, proprio come Frieda aveva fatto il giorno prima con lui, e affondare la testa nel suo basso ventre.

«Sì, sì, così, bravissimo il mio Peppino», si infiammava la signora, tenendo ben stretta fra le mani la testa di lui e sospingendola sempre più forte contro quella parte così ardente del proprio corpo.

C'era un sedile in pietra scavato nella roccia, al limite del campo di gigli. Frieda vi si appoggiò con il fondo schiena, ma senza sedersi e senza mai staccare il basso ventre dalla bocca del suo appassionato e irrefrenabile mulattiere. Arrivò così, inebriata e fremente, al felicissimo grido dell'orgasmo.

Un amante vigoroso e dolcissimo: ecco quello che era diventato, in meno di ventiquattr'ore, il timido e imbranato Peppino.

La signora baronessa era al settimo cielo. Merito della sua "prepotente bellezza", certo, il miracolo di quella incredibile trasformazione, della sua «ardente sensualità e prorompente sessualità»; ma anche, chiaramente, della sua straordinaria sensibilità (di donna, più che di amante).

Non fosse intervenuta con le maniere giuste al momento giusto, e soprattutto senza farne un dramma, dicono oggi gli studiosi in materia, quel trauma, il timido e imbranato Peppino se lo sarebbe portato appresso per tutta la vita, con gravi conseguenze anche per il suo equilibrio psico-fisico, non soltanto per le sue attività sessuali.

Si era di nuovo stesa per terra, tra due filari di gigli, la signora baronessa.

«Andiamo dentro», propose Peppino, ancora con i pantaloni addosso (si era tolto soltanto la camicia per andare ad abbracciare la splendida Venere che emergeva dal giardinetto tutto rosa).

«No, restiamo qui, è bellissimo fare l'amore qui ...», ribatté la signora, spiegando che non lo aveva mai fatto in un campo di gigli.

Glieli sfilò lei, da terra, pantaloni e mutande. Il pene era già in erezione. Ma niente shock, niente paura di eiaculazione precoce, questa volta. Steso per terra a pancia in su, il giovane mulattiere poteva adesso esibirlo con sicurezza, e non senza una punta di orgoglio, il suo vigoroso Peppinone. Che era di proporzioni non eccezionali (stando alla descrizione che il marito della signora ne farà nel romanzo), ma certamente non comuni, specie se rapportato al fisico non certo da statua greca che lo esibiva.

«Vieni su di me, sei stato bravissimo ieri, un vero torello, quello che avevo sempre sognato ...», gli disse la signora baronessa.

Sorrise Peppino: lusingato dagli apprezzamenti, certo, ma non si mosse. I suoi occhietti neri (finalmente non malinconici) fissavano il cielo di un azzurro pastello come i grandi occhi di lei. Era mezzogiorno pieno e la campagna immersa nel silenzio assoluto: il frinire delle cicale comincerà nel primo pomeriggio, con l'intensificarsi della calura.

Aveva certamente voglia di saltarle addosso, il "torello" Peppino, ma non voleva che tutto avvenisse in fretta. Era così felice di quel suo pene rimasto vigoroso dopo il primo approccio, e del godimento che con i suoi baci aveva procurato alla incantevole baronessa, che faceva di tutto per rinviare il più possibile l'amplesso. Voleva definitivamente allontanare da sé, cancellare per sempre l'angoscia (e la vergogna) dei terribili momenti vissuti il giorno precedente, con quel maledetto "godimento non voluto" al primissimo contatto con il corpo nudo della signora.

Ma il tempo a disposizione non era molto, perché la signora Betty attendeva l'amica per pranzare.

«Non vuoi?», gli domandò Frieda.

«Certo che lo voglio», rispose lui sorridente, ma restandosene sempre sdraiato per terra, con "il fallo ben ritto, torreggiante, con quell'aria da dominatore" (scriverà Lawrence nel romanzo).

E poiché il ragazzo continuava a non muoversi, fu la signora baronessa a saltargli addosso, con un balzo da pantera. Sì, erano proprio della pantera quelle sue movenze, sinuose e aggressive. Anche i fremiti delle sue narici, sulla bocca e sul collo di lui, erano da pantera.

All'orgasmo, come il giorno prima nel sentiero-pozzanghera, arrivarono insieme. Per lei era il secondo, nel giro di pochi minuti; per lui, il primo.

«Meraviglioso anche questa volta, per me, forse più di prima», l'appassionato commento della signora baronessa. «E per te?», domandò a Peppino, restando ancora su di lui.

Non aprì bocca, il mulattiere. Si limitò ad annuire, con il solito sorriso, molto più eloquente delle parole.

«È bellissimo godere insieme, vero? ...», riprese la signora, mentre si rivestivano. E poi: «Non sempre avviene, purtroppo ... C'è anche chi, in vita sua, non ha mai provato tanta felicità e forse non avrà mai la fortuna di provarla ...».

Continuava a tenere la bocca chiusa, il suo Peppino: tanta felicità, prima dell'incontro con Frieda, il ventiquattrenne mulattiere di Castelmola non l'aveva mai provata. E ne era ancora stordito, felicemente stordito, come il giorno prima sul giaciglio di stracci, dopo il "tripudio dei sensi" nella pozzanghera.

Lasciarono il vigneto in fretta, senza neppure dare uno sguardo al giaciglio del loro primo incontro. Peppino, devoto e rispettoso come sempre, porse il braccio per aiutare la signora baronessa a montare in sella.

Non era cambiato nulla, nei loro rapporti ufficiali. Lui continuava a darle rispettosamente del lei, anzi del "vossignoria" (come usava allora), e non soltanto nei rapporti ufficiali. Pure nei momenti di intimità le si rivolgeva con quel buffo "vossignoria", anche se la signora glielo aveva detto e imposto sin dal primo incontro nel vigneto di darle del tu.

«Non mi sembrava giusto», spiegherà Peppino ai compagni

di osteria. «Un ragazzo, figlio di poveri contadini, dare del tu ad una baronessa, moglie di un grande scrittore e più grande di 17 anni. Ma lei insisteva, diceva che tutti al mondo dovrebbero darsi del tu, non soltanto quelli che si amano ... Tutti, ricchi e poveri, diceva, così si eviterebbero tanti guai ... Senza steccati e facendo di più l'amore, perché, lo ripeteva sempre, è a letto che si diventa davvero amici ... Lo consigliava anche ai padroni del mondo: fate di più l'amore, così litigherete di meno e farete meno guerre ...

«Era una donna bellissima, ma affascinava pure con le cose che diceva, la signora baronessa. Ed io, anche se non me la sentivo proprio di darle del tu, neppure quando facevamo l'amore, dovetti farmi forza per accontentarla, per abituarmi a quella sua imposizione. Ma ci volle molto tempo per abituarmi ...».

Non si vedranno per due mesi. La signora baronessa partì l'indomani con il marito: molto a malincuore, a sentire Peppino, ma non poté farne a meno.

Lo scrittore Lawrence, quando si rese conto che l'afa di certe giornate gli creava serie preoccupazioni per la respirazione, non esitò a lasciare Taormina in piena estate, nella settimana che precedeva il Ferragosto. In treno per l'Italia (Napoli, Roma, Firenze, Milano, Venezia), con puntata finale in Germania, dalla madre di lei (ed era la visita alla madre, quella che più interessava alla signora). Torneranno a fare l'amore a metà ottobre, Frieda e Peppino.

Due mesi di astinenza, per entrambi? Per lui, certamente. Ma sulla astinenza di Frieda, quando racconterà tutto agli amici, il buon Peppino non se la sentirà di giurare. La signora Lawrence non era il tipo da restare per due lunghi mesi senza far sesso.

Sapeva benissimo, il giovane mulattiere, che la baronessa non era rimasta "in bianco" a Taormina, da gennaio a luglio, prima di incontrare lui. Nel suo giornaliero vagare per la campagna c'era stato spesso, per l'ardente Frieda, il gioioso intermezzo della sosta in una casetta disabitata adibita a fienile e deposito di attrezzi, dove puntualmente si faceva trovare al lavoro il figlio ventisettenne del "massaro" di un facoltoso proprietario terriero che era anche il sindaco di Taormina.

Peppino conosceva il nome del ragazzo, Filippo: era un suo caro amico. E sapeva anche che ad accogliere a braccia aperte l'avvenente straniera in un altro casolare, prima di Filippo, era stato un trentenne che passava molte ore della mattinata a spaccare legna sull'aia, Giovannino.

Erano i figli dei contadini, dai 20 anni in su, i grandi amici della signora baronessa. A Taormina come in Germania, nei possedimenti del padre. E si poteva presumere che in patria, pur essendone lontana da parecchi anni, qualcuno lo avesse ancora. In ogni caso, non le sarebbe stato difficile, con la sua avvenenza e intraprendenza, aggiungere nuovi nomi alla vecchia lista.

Al sesso (a sentire Peppino, e non soltanto lui) la signora Frieda Lawrence non sapeva rinunciare. E non rinunciava, né per lunghi né per brevi periodi.

V.

Si infoltiva sempre più, dopo le vacanze taorminesi di re Giorgio V d'Inghilterra, la colonia degli inglesi a Taormina. Era stata dei tedeschi, la Taormina di fine Ottocento, inventata turisticamente da intellettuali e baroni-gay tedeschi che portarono qui il fior fiore della pederastia europea. E adesso era degli inglesi, la Taormina del Novecento (parliamo degli anni Venti, dopo la prima guerra mondiale).

Uomini dell'alta finanza, scrittori, musicisti, pittori in cerca di ispirazione e di sole, ma soprattutto ricche e non più giovani ereditiere, nobildonne appassite nei salotti londinesi, che il sole di Sicilia accendeva di voglie non del tutto sopite.

Le mature ospiti, in aperta concorrenza con i baroni-gay che si consideravano da anni i veri padroni di Taormina, aprivano le loro case e ville (prese in affitto o acquistate) ai giovanotti del luogo, ai quali, in cambio di poche carezze e illusioni d'amore, erano pronte ad offrire cospicue eredità. Gaie e patetiche, esibivano i loro boy-friend passeggiando mano nella mano sulla strada principale del paese (oggi corso Umberto), si abbandonavano ad ogni tipo di smancerie al bar della piazza, e sulle spiagge (anche in pieno inverno, al tiepido sole mediterraneo) sospiravano tra le braccia abbronzate dei pescatori dell'Isola bella.

Continuavano ad esibirli anche i baroni, naturalmente, i loro aitanti e vigorosi boy-friend locali. Giovanotti, occorre precisare, assolutamente refrattari (per indole, cultura, tradizioni) alla "diversità" di quegli stravaganti rapporti o semplici ammiccamenti sessual-salottieri tra uomini, ma non insensibili alla straordinaria e incredibile munificenza degli ospiti.

Furono in molti i giovani taorminesi ad arricchirsi in quegli anni, assicurandosi assegni vitalizi, partecipazioni azionarie in banche e pozzi petroliferi, ed ereditando alla morte dei vecchi e generosissimi "amici" ville favolose. Non erano da meno, in fatto di generosità e munificenza al momento di lasciare questo mondo, le mature ospiti che a Taormina avevano cercato carezze, emozioni o semplicemente illusioni d'amore.

Gareggiavano in peccati e stravaganze, nobildonne e baroni. I vecchi taorminesi raccontavano di certe processioni che si svolgevano all'inizio del Novecento nelle campagne sopra Castelmola in onore di una nobildonna inglese che amava farsi trasportare su una portantina, preceduta da schiere di suonatori di cornamuse (Florence Trevelyan, cugina ed ex amante del futuro re Edoardo VII, esiliata a Taormina dalla zia regina Vittoria per le sue esuberanze poco gradite a corte quando Edoardo convolò a giuste nozze, poi felice sposa di un chirurgo taorminese, il professor Salvatore Cacciola).

E di una misteriosa principessa chè, arrivata al San Domenico da un non precisato Paese del Commonwealth britannico con seguito di dame di compagnia e bauli, dopo un paio di settimane rispedì in patria dame e bauli per ritirarsi a vivere da sola in una capannuccia sul cocuzzolo dell'Isola bella.

Una Saffo in edizione '900, si disse. Minuta e rossiccia, andava su e giù per la ripida scogliera in calze di seta nera, senza scarpe, vestita di una semplice tunica nera. Nessuno riuscì mai ad avvicinarla, a parlarle. Il volto inquieto della "principessa dell'Isola bella" (come i taorminesi la chiamavano) si apriva al sorriso soltanto in presenza della dodicenne figlia di un pescatore del luogo, la quale si arrampicava ogni giorno fin lassù per portarle da mangiare (ne riceveva, in cambio, qualche carezza e un paio di sterline).

Poi la principessa scomparve: se ne andò da Taormina senza neppure avvertire la ragazza, la quale continuò per giorni a cercarla, con il fagotto del cibo preparato per lei. Nessuno ne saprà più nulla.

Frieda Lawrence era assai diversa dalle gaie e patetiche signore della colonia inglese di Taormina. Lei non aveva eredità da promettere ai suoi amanti in cambio di carezze e illusioni d'amore, non inseguiva con il sesso ambizioni regali, e le inquietudini lesbiche della poetessa Saffo, care alle insegnanti che in collegio l'avevano a lungo e sfrontatamente insidiata, non esitava a bollarle come «squallide elucubrazioni di donne sessualmente impotenti e spudoratamente immorali».

Il sesso per lei, come per il marito scrittore, era «il bene più importante e prezioso che Madre natura ci ha dato», «l'unica vera grande ricchezza comune a ricchi e poveri», e non poteva essere «immiserito, involgarito, infangato da grettezze e perversioni mascherate da dissertazioni intellettualistiche». Il sesso era tutto, per la signora Lawrence: forza esaltante della natura, gioia di vivere e di amare, la vita stessa.

Sesso tra uomo e donna, naturalmente, e soltanto quello, senza alcuna indulgenza per omosessuali e lesbiche. E senza condizionamenti di natura matrimoniale, ipocrisie moralistiche, imposizioni, scomuniche.

Una pretesa assurda, a sentir lei, quella di una certa morale del tempo che continuava a predicare la distinzione tra sesso "pulito" (nell'ambito del matrimonio) e sesso "peccato" (fuori dal matrimonio).

«Peccato», spiegava la signora baronessa, «è tutto ciò che mortifica il corpo ed oscura l'anima, mentre il sesso, comunque e con chiunque lo si faccia, è quello che li esalta, corpo ed anima».

Ed ancora: «Peccato è lasciare che un corpo, privato della straordinaria forza vitale che il sesso può e deve dargli, marcisca e perisca miseramente, con le proibizioni, i tabù, i moralismi e le ipocrisie di una società bigotta e crudele, oltre che con i condizionamenti di natura religiosa; e finisca, quel povero corpo, col far marcire e trascinare con sé nella fossa anche l'anima ... Quello sì, è un grosso peccato, un delitto contro la natura e l'umanità, assolutamente imperdonabile».

Lei, quella forza vitale, aveva ritenuto di doverla garantire al suo corpo ed alla sua anima sin da ragazza.

Il «tripudio dei sensi nell'istintivo e salutare abbraccio con la natura», che costituirà il "credo" sessuale di David Herbert Lawrence uomo e scrittore, lo aveva cercato, avidamente e pervicacemente, da quando aveva 16 anni, prima ancora di leggere i libri dello scrittore che sarebbe diventato il suo secondo marito (è il caso di ricordare che, quando Frieda aveva 16 anni e frequentava in collegio le scuole superiori, Lawrence ne aveva soltanto 10 ed aveva superato da poco le elementari).

Lo aveva cercato con contadini e stallieri nei possedimenti del padre, il "tripudio dei sensi", e con i professori che in collegio la corteggiavano molto più (per sua fortuna) delle professoresse ammalate di saffismo; con il padre (macellaio) di uno degli allievi del marito professore e con il portinaio dell'Accademia di danza classica a Dresda (che aveva frequentato da bambina e continuato a frequentare anche da sposina, fino alla prima gravidanza); con lo scrittore Lawrence suo secondo marito (quando era sano e sessualmente valido) e con il boscaiolo spagnolo incontrato in viaggio di nozze sui Pirenei, un quarantenne dalla faccia dura e dai muscoli d'acciaio.

Lo cercava in Sicilia con il ventiquattrenne mulattiere Peppino D'Allura, nel vigneto di Castelmola sopra Taormina, e lo cercherà sei anni dopo in Liguria, nei vigneti di Spotorno, con il trentaquattrenne tenente dei bersaglieri Angelo Ravagli che diventerà poi il suo terzo ed ultimo marito.

Non era cambiata per nulla, la signora Lawrence, rispetto alla inquieta ed esuberante ragazza che a 16 anni dava scandalo con professori e contadini-stallieri.

Le "gioie della carne", che la baronessina Richthofen cercava all'età in cui le sue amiche si accontentavano ancora di sognare, la inquieta ed esuberante sposa dello scrittore Lawrence continuava a cercarle freneticamente a 41 e continuerà a cercarle ancora per molti anni, all'età in cui le sue amiche inglesi a Taormina si accontentavano ormai di qualche carezza e illusione d'amore.

Cercava sesso, Frieda Lawrence, non illusioni d'amore. Cercava uomini veri, non "gigolo" da esibire. Niente smancerie al bar o nei salotti, niente fantasticherie, niente promesse di cospicui lasciti e favolose eredità in cambio di qualche carezza.

«Il sesso», diceva la signora baronessa, «c'è chi lo vive e chi lo esibisce o lo racconta senza neppure viverlo». Lei lo viveva, carnalmente, in maniera sanguigna, con "sensualità sempre più ardente" (parole di Lawrence), e non aveva alcun bisogno di esibirlo o di raccontarlo.

Lo racconterà il marito, quello della esuberante e irrefrenabile Frieda. Lui, il suo, non lo viveva più: non poteva più viverlo, da tempo.

VI.

Si ritrovarono a metà ottobre nel vigneto, la signora Lawrence ed il suo mulattiere, ma non per fare l'amore. Si ritrovarono per la vendemmia.

Al ritorno dalla Germania, la signora baronessa aveva incontrato per pochi minuti Peppino a Taormina, dove il mulattiere era sceso per accompagnare la padrona invitata a pranzo da un'amica, e da lui aveva saputo della vendemmia che era stata già fissata, nel vigneto del loro amore, per l'indomani. «Voglio esserci anch'io, voglio pigiarla anch'io l'uva con i piedi nudi», gli aveva detto Frieda. E lui, naturalmente, si era detto felicissimo di accontentarla.

Si presentò poco dopo l'alba, in via Fontana vecchia, il giovane accompagnatore, con il mulo gentilmente concesso dalla padrona. Frieda (racconterà Peppino agli amici) era di una bellezza e di un fascino particolari, quella mattina, «eccitata ed invitante come e più del giorno del temporale nel vigneto». Indossava un vestitino di leggerissimo cotone grigio chiaro con tanti fiorellini rossi e gialli, lungo fino alle caviglie, che doveva farla somigliare (a sentir lei) ad una contadina siciliana, ma che di siciliano non aveva nulla, proprio nulla, soprattutto per la generosa scollatura (audacissima per quegli anni, e non soltanto in Sicilia).

«Andiamo a vendemmiare nella proprietà di Peppino», spiegò la signora al marito, davanti all'uscio di casa. «L'uva, nella vasca del palmento, la pigierò anch'io, insieme a lui, a suo padre, ai suoi fratelli, ai suoi zii, ai suoi cugini. Sono già pronta, così come sono non devo far altro che togliere i sandali, lavarmi i piedi, come fanno tutti prima di entrare nella vasca, e sollevare un poco il vestito perché non si sporchi ...».

Lo sollevò subito, ben sopra le ginocchia, il suo bel vestitino a fiori, come per fare una prova e far vedere allo sposo che era fin troppo facile per lei trasformarsi in vendemmiatrice.

Impacciatissimo, il mulattiere Peppino non sapeva se stare lì ad ammirare le splendide gambe della signora baronessa o girarsi rispettosamente (e ipocritamente) dall'altra parte. Si portò verso il mulo, fingendo di dover sistemare qualcosa nella sella-seggiola.

Ma la signora non smise di stuzzicarlo, con la sua maliziosa esibizione da prova generale. Alzò ancora il vestito, questa volta fin sopra le cosce, lo legò con i bordi inferiori sul davanti per fissarselo bene ai fianchi e, volteggiando con la leggiadra levità di una fanciulla in fiore, si rivolse proprio a lui, all'imbarazzatissimo suo accompagnatore: «Va bene così, per entrare nel palmento?», gli domandò.

«Sì, certo, va bene così», farfugliò il ragazzo, visibilmente smarrito.

Cos'altro poteva dire, il povero Peppino? Penso che la odiasse, in quel momento, la sua incantevole e scatenata amante, per quei gesti di maliziosa provocazione che, in presenza del marito, non potevano non metterlo in serio imbarazzo.

Ma la signora baronessa continuò il suo gioco, sempre più imbarazzante per l'accompagnatore, con grande (personalissimo) divertimento. Si accostò anche lei al mulo, con il vestito ancora agganciato sopra le cosce, invitando Peppino ad aiutarla a montare in sella.

Erano davvero belle, sode e provocanti, quelle gambe color dell'avorio, che il devoto e rispettoso mulattiere, mentre aiutava la signora a salire, non poté non sfiorare con le labbra. E la generosissima scollatura che la signora baronessa esibiva non riusciva a contenere gli splendidi seni che lui, nel vigneto e sul campo di gigli, aveva baciato con tanta passione.

A togliere dall'imbarazzo il giovane mulattiere intervenne, per sua fortuna, lo scrittore Lawrence.

«Mi dicono che la vendemmia in Sicilia è una grande festa: divertitevi e poi raccontatemi tutto ...», disse alla eccitatissima moglie ed al suo giovane accompagnatore, prima di tornare ai suoi libri in giardino, sotto il gigantesco carrubo.

Pensava al racconto della vendemmia, chiaramente, il buon Peppino: lui, allora, non poteva pensare ad altro.

La moglie invece, lei sì, poteva pensare e pensava ad altro. Lei sapeva benissimo a che cosa il marito si riferisse e quali fossero le cose che lui gradiva ascoltare, con resoconto completo ed il più possibile dettagliato.

Si rasserenò il giovane mulattiere: senza nulla sospettare, ovviamente. Salutò lo scrittore con il solito rispettoso inchino ed avviò il mulo. Un fischio secco, con un semplice cenno della testa: era quello l'ordine di partenza che il giovane mulattiere aveva inventato per il suo compagno di tanti viaggi su e giù per le colline di Taormina e Castelmola.

Sulla monumentale seggiola, la signora baronessa aveva già sciolto i nodi che tenevano agganciato il vestito ai fianchi: le sue splendide gambe, adesso ampiamente coperte, non davano più scandalo; ed i seni, visti dal basso (da chi stava in strada), non erano inquietanti come a vederli di fronte o dall'alto.

Il sole si era appena levato, quando i due lasciarono via Fontana vecchia. Il cielo terso e l'aria fine del mattino annunciavano una delle tipiche giornate dell'ottobre taorminese, tiepide e nitide, godibilissime.

«Ho una gran voglia di fare l'amore», annunciò la signora baronessa al suo mulattiere, appena furono soli.

«Anch'io, tantissima», rispose lui, accarezzandole le gambe sotto il lungo vestito a fiori.

Ma non c'era né il posto né il tempo per poter fare l'amore. Peppino aveva impegni immediati con i familiari per la vendemmia ed il suo programma era di marciare speditamente verso il vigneto.

Alle 8, quando il mulo si fermò dinanzi al cancello, la "festa" (come l'aveva definita lo scrittore Lawrence) era già cominciata, da almeno un'ora. Un solo caldissimo bacio davanti al cancello del vigneto, al riparo da sguardi indiscreti, e via, verso il palmento.

VII.

Non c'era più, sotto la finestra del vecchio casolare, il giaciglio di stracci sul quale la signora Lawrence ed il suo giovane accompagnatore si erano stesi nudi il giorno del temporale, ai primi di agosto.

Gli stracci, arrotolati a salsicciotto, erano sotto le ceste piene d'uva che le contadine trasportavano sulla testa per vuotarle nella vasca del palmento. Anche i grembiuli che l'impacciatissimo mulattiere era riuscito allora a trovare per consentire alla signora di asciugarsi alla meglio, erano addosso alle vendemmiatrici. Ma uno, lavato e ben stirato, Peppino l'aveva messo da parte: per l'ospite.

Era l'unico indumento che Frieda aveva addosso nel vigneto, quando era uscita fuori per sfidare la pioggia e se ne era subito liberata, in pochi secondi, per restare nuda come una Venere emersa dalle acque.

Gradì molto il pensiero, la signora baronessa, e ringraziò pubblicamente il suo Peppino. Indossò subito il grembiule ed annunciò che lo avrebbe portato poi a casa per ricordo. Ricordo della vendemmia, pensarono gli astanti: alla signora Lawrence ed a Peppino, chiaramente, ricordava ben altro.

Una festa per due, quel giorno d'inizio agosto, complice un

improvviso temporale d'estate. Una festa per molti, oggi, in una nitida e tiepida giornata d'autunno, a metà ottobre. Erano una ventina le contadine, giovani, meno giovani e non più giovani, che andavano e venivano con le ceste in testa.

Ed almeno un paio delle ragazze, una brunetta che sembrava uscita da un'ode araba di Ibn-Zaffir ed una bionda che ricordava le incisioni normanne dei tempi di re Ruggero, non avevano fisicamente nulla da invidiare alla bella ospite inglese di sangue teutonico, anche se era lei, e soltanto lei, ad attirare l'attenzione di uomini e donne.

Erano una quindicina gli uomini che ronzavano attorno a quella generosissima scollatura. C'erano i due fratelli di Peppino (uno ventottenne, l'altro ventunenne), il padre cinquantenne, due zii ultracinquantenni, due cugini sui vent'anni, uno di venticinque, e amici del padre, degli zii e dei cugini, di tutte le età. La notizia della presenza di una affascinante straniera tra i vendemmiatori aveva fatto il giro delle campagne di Taormina e Castelmola, non soltanto del parentado D'Allura.

C'era anche un vecchio suonatore di fisarmonica, nella folta e allegra comitiva, un settantenne (forse ultrasettantenne) piccoletto e arzillo, pieno di verve e simpatia, che nel contado aveva allietato le feste di matrimoni, battesimi e compleanni per almeno tre generazioni.

Un omaggio di Peppino alla signora, certo; ma bisogna dire che la fisarmonica alle feste della vendemmia non era una novità, anche senza ospiti illustri.

Ultimate la raccolta dell'uva e la pigiatura, mentre il mosto continuava a colare nel tino, tutti si riunivano per lo spuntino all'aperto, all'ombra di querce e ulivi secolari, e c'era anche chi improvvisava qualche giro di valzer (il padre di Peppino, mingherlino e scattante, era sempre il primo a scendere in pista).

Tutti nella vasca del palmento, gli uomini, con i piedi impiastricciati dagli schizzi rossastri del mosto: i ragazzi con i calzoni corti, i grandi con i pantaloni lunghi arrotolati al ginocchio.

Mai vista tanta gente in una vasca di palmento, un quadrato di poco più di tre metri per tre che non ospitava mai contemporaneamente più di cinque o sei persone (se volevano muoversi agevolmente).

Ed erano invece una quindicina attorno alla bella straniera, compreso il vecchietto fisarmonicista (senza strumento, naturalmente) che pigiava più di tutti, dimenandosi come un folletto e senza mai staccare gli occhi dal "ben di Dio" (dirà poi in un orecchio a Peppino) che quella generosa scollatura esibiva.

Peppino era della partita, certo, ma lui si agitava poco, e di tanto in tanto, visto che erano in troppi a pigiare, si sedeva sul bordo della vasca per lasciare spazio a chi mostrava di divertirsi tantissimo. Le splendide gambe della signora baronessa, lontano dagli occhi del marito, poteva adesso ammirarle senza impaccio.

Frieda, nel palmento, si era spinta molto al di là della esibizione da prova generale improvvisata davanti all'uscio di casa. Non soltanto le cosce, anche le mutandine di pizzo bianco s'intravedevano di tanto in tanto, mentre l'ammiratissima vendemmiatrice pigiava saltellando e volteggiando allegramente (e gli schizzi del mosto, che le avevano già impiastricciato anche le gambe, non soltanto i piedi, cominciavano a stamparsi pure sul bel vestito lungo arrotolato ai fianchi).

Sgranavano tanto di occhi le contadine, vecchie e giovani, che andavano a vuotare nella vasca le ceste d'uva: mai viste, nelle feste di campagna (tanto meno in una vendemmia), esibizioni così audaci.

La madre di Peppino, un donnone che aveva un paio d'anni meno del cinquantenne marito ma sembrava molto più anziana di lui, non si limitò a sgranare gli occhi. Osservando con sdegnata e irrefrenabile inquietudine che il giulivo consorte, con una faccia che era già un po' troppo paonazza, era tra i più accaldati ammiratori della scatenatissima baronessa e non la mollava d'un palmo, decise di intervenire subito, alla sua maniera.

Niente scenate, in pubblico: lo chiamò fuori con un semplice cenno del capo, un gesto impercettibile che era un ordine fin troppo chiaro, di quelli che le contadine siciliane sanno dare in certe circostanze ai loro mariti. Così, per il padre di Peppino, lo spettacolo finì con molto anticipo e tanta amarezza, mentre continuava per i figli, i parenti, gli amici.

Si rifarà più tardi, il signor Carmelo (questo il nome del padrone di casa), durante lo spuntino all'aperto. La moglie, in quel clima di generale allegria e con la fisarmonica costantemente in azione, non potrà impedirgli di invitare l'ospite straniera per un giro di valzer.

Fuori dal palmento, il vestito della signora Lawrence era tornato lungo fino alle caviglie, ma la scollatura era sempre molto generosa, inebriante più dell'odore del mosto che dal tino del palmento si spandeva per il vigneto.

Peppino non ballò, né con la signora baronessa né con altre vendemmiatrici: lui, a differenza del padre ("valzerista" ammirato in tutto il contado), nelle piste da ballo non sapeva muovere un passo.

Ballarono con l'incantevole ospite il fratello maggiore di Peppino (che sperava di conquistare in pista gli allori del padre), gli zii, il cugino venticinquenne, gli amici, invidiati (tutti) dal vecchietto con fisarmonica che, in perenne fibrillazione, non riusciva a starsene seduto e incalzava da presso la signora baronessa mentre ballava con il partner di turno.

Divertita e adorabile, Frieda aveva un sorriso per tutti. Anche per le ragazze, che (visto che non le invitavano gli uomini) sarà lei ad invitare poi a ballare. Così, nella pista improvvisata davanti all'ingresso del vecchio casolare-palmento, resteranno ad un certo punto soltanto le donne ad esibirsi, a coppie ed in gruppo.

Tutte ammaliate dalla avvenente e simpaticissima baronessa, le vendemmiatrici (non meno dei vendemmiatori). Una sola le era visibilmente ostile: la madre di Peppino. Lei non sapeva nulla (allora) degli incontri idilliaci del figlio con la bella straniera, avvenuti proprio in quel vigneto.

Nessuno dei parenti e degli amici sapeva, e mai forse, conoscendo bene il timido, solitario e malinconico Peppino, avrebbe immaginato per lui una avventura così eccitante ed esaltante. Per tutti, il suo ruolo nei rapporti con la incantevole moglie dello scrittore Lawrence non poteva essere altro che quello del mulattiere-servitore.

Alla signora D'Allura (Maria Concetta Immacolata, il suo triplice nome, ma la chiamavano tutti Immacolata), quella straniera così allegra e provocante non andava proprio giù. Pur con la devozione ed il rispetto dovuto alla "signora della collina" che l'aveva affidata al suo Peppino, considerava l'estrosa ed irruente baronessa anglo-tedesca una "svergognata", una "sfrontata provocatrice", una "rovina-famiglie", e dunque da tenere lontana.

E non per il timore che Peppino o uno degli altri figli potesse cedere alle sue provocazioni: un fatto del genere, anzi, l'avrebbe resa fiera, orgogliosa, come sono state e saranno sempre fiere e orgogliose in Sicilia le madri dei ragazzi che hanno relazioni con straniere. Il timore, per la signora Immacolata, era che quella sfrontata straniera facesse perdere la testa al marito.

Un timore che, con quello che si era visto per l'intera mattinata nella affollatissima vasca del palmento, poteva anche avere qualche fondamento, e per lei aveva il crisma della certezza assoluta. Era proprio questo convincimento, ferreo e irremovibile, che le faceva tanto odiare quella "indiavolata e pericolosissima intrusa".

Mangiarono tutti con buon appetito, vendemmiatrici e vendemmiatori, tra un giro di valzer e di mazurca. Pane caldo condito con olio e origano (lo aveva portato, appena uscito dal forno, una zia di Peppino che abitava non lontano dal palmento), formaggio pepato, salame casereccio, olive scacciate (con olio, aceto, aglio e origano), il buon vino del vigneto D'Allura (annata precedente, ovviamente), e tanta allegria. Ed il padre di Peppino, per nulla provato dalla fatica per una giornata di lavoro che per lui era cominciata come sempre alle 5 del mattino, era lì, pronto a scattare per tornare in pista.

Un nuovo durissimo sguardo della moglie lo fulminò, proprio nel momento in cui il signor Carmelo stava per alzarsi ed invitare ancora la bella ospite a ballare. Visto che aveva già sollevato il sedere dal suo scanno di ferula, non volendo subire ancora in pubblico l'umiliazione del maschio ridicolizzato dalle imposizioni della moglie, il padrone di casa si alzò ugualmente, non per ballare ma per tornarsene a lavorare nel palmento.

Con la generalessa-moglie, non c'era proprio nulla da fare. Un suo sguardo o un semplice cenno del capo era, per lui, un ordine preciso e irrevocabile. E l'ordine della signora Immacolata D'Allura, quel giorno, il secondo in poche ore e dunque ancor più pesante per la recidiva dello sposo, era che il signor Carmelo, da "quella donna" (ma la parola pronunciata da lei era un'altra, con un riferimento preciso al più antico mestiere del mondo), doveva stare lontano.

Si allontanò senza fiatare, il padre di Peppino: la festa per lui si concluse, questa volta definitivamente, alle 3 del pomeriggio. Non per gli altri, naturalmente. Era irresistibile, per Frieda, il fascino di quella fisarmonica che continuava a suonare all'ombra del gigantesco ulivo. Continuò a ballare, la signora baronessa, con uomini e donne, con l'entusiasmo di una giovinetta.

Peppino se ne stava acquattato in un angolo. Lei lo invitava a gran voce, come aveva fatto quando erano soli in quel vigneto sotto la pioggia, ma lui si acquattava ed isolava sempre di più. E la signora, che due mesi prima era andata a scuoterlo (ed a spogliarlo), questa volta, con il vigneto pieno di gente, non se la sentì di fare violenza alla sua timidezza.

Si alzò dopo qualche minuto, il taciturno Peppino, per tornarsene a lavorare con il padre.

Nel palmento tutto procedeva secondo un programma che era (ed è ancora oggi in Sicilia, nelle zone in cui non si impiegano le piccole e più pratiche pigiatrici meccaniche) sempre uguale, per antica tradizione, sia nei modi che nei tempi di attuazione.

Dalla grande vasca, dentro la quale l'uva di centinaia di ceste era finita in vinaccia (così i contadini chiamavano quel che restava dalla spremitura dei grappoli, una sorta di poltiglia solida che veniva poi essiccata al sole e riversata tra le zolle dello stesso vigneto come preziosissimo concime), il mosto continuava a colare nel tino sottostante, ma era ormai ridotto ad un filino, destinato a spegnersi del tutto da lì a poco.

C'era una scala a pioli nel tino, profondo meno di tre metri e pieno per oltre la metà, ed una serie di tacche, incise nel cemento delle pareti, con dei numeri che indicavano, in base all'altezza raggiunta dal mosto, la sua quantità in ettolitri (ed anche in decalitri, con una certa approssimazione).

«Voglio vedere come è andata la nostra vendemmia», disse il signor Carmelo al figlio.

Discese alcuni scalini-pioli fin quasi a scomparire dalla superficie, si accartocciò su se stesso (tenendosi bene agganciato alla scala) per leggere il numero accanto alla tacca raggiunta dal mosto e ritornò in superficie dopo meno di un minuto, con la faccia un po' più paonazza di quando era sceso (per gli aspri e inebrianti effluvi del mosto, che possono anche provocare stordimento se aspirati a lungo in quella cavità) e gli occhi luccicanti di gioia.

Volle subito rendere partecipi parenti e amici della sua gioia, il padrone di casa.

«È la nostra migliore vendemmia degli ultimi vent'anni», disse orgoglioso, indicando il numero che aveva letto sulla parete del tino.

Applaudirono e si abbracciarono tutti. E la più felice, visibilmente, era la bella ospite straniera: si precipitò a stampare un grosso bacio sulla guancia (rossa come un peperone) del signor Carmelo ed abbracciò poi tutti, uomini e donne, compresa la signora Immacolata D'Allura, dalla quale non poteva certo immaginare di essere tanto odiata.

Rispose con un sorriso appena abbozzato, la padrona di casa: di mala voglia, chiaramente, ma non poteva fare altro. La speranza, in cuor suo, era che la festa (con le esibizioni fuori programma della "sfrontata e pericolosa straniera") fosse ormai finita o comunque prossima alla fine.

Non era né finita né prossima alla fine, per Frieda Lawrence, la festa.

«Voglio vederlo anch'io, in fondo al tino, il mosto che ho pigiato con i miei piedi», scattò la signora baronessa, mossa da gioiosa ed irresistibile curiosità, e corse dentro, seguita dalla ciurma dei vendemmiatori (con l'ultrasettantenne suonatore di fisarmonica sempre in prima fila). «Voglio scendere anch'io, voglio scendere anch'io nel tino», continuava ad implorare, strillando amabilmente come fanno le bambine che sanno di poter ottenere tutto da genitori e nonni.

Arrivò da fuori la "generalessa" Immacolata, con quel suo faccione tondo e duro, implacabile, e gli occhi di fuoco che non smettevano un solo istante di fissare la faccia sempre più intimorita e angustiata del povero marito.

«È pericolosissimo scendere nel tino per chi non è del mestiere, tanto più per una donna che vede un palmento per la prima volta», sentenziò in maniera decisa e irremovibile la signora D'Allura, ordinando al marito di spiegarlo lui alla baronessa.

Il signor Carmelo tentò in effetti di spiegarglielo, provocando però un duplice effetto: il prevedibile ed inevitabile broncio della incantevole ospite (molto simile a quello della bambina indispettita per non avere ottenuto quello che voleva) ed il disappunto, ben visibile ed anche rumoroso, della folta schiera dei suoi ammiratori. Ciascuno dei quali, ovviamente, già pregustava lo spettacolo del "ben di Dio" che, durante la discesa nel tino, la generosissima scollatura della signora baronessa avrebbe esibito a tutti loro.

«Ma che pericolo potrà mai esserci», intervenne infervorandosi uno degli ultracinquantenni zii di Peppino, «se ci siamo qui tutti noi pronti a intervenire? ...».

Lo applaudirono calorosamente, figli, parenti e amici. E lui, esaltato dal consenso (scontatissimo) della ciurma, andò avanti nella sua perorazione: «Proprio nessun pericolo ... Ma, se vogliamo essere ancora più tranquilli, sia la signora baronessa che noi, possiamo anche agganciarla ai fianchi con una corda che dall'altro capo teniamo noi in superficie, sul bordo del tino ...».

«Sì, certo, legata ad una corda, benissimo, così non c'è pericolo ...», esplose l'entusiasmo della signora, sempre alla ricerca di emozioni nuove e forti, non soltanto in fatto di sesso.

Sul duro faccione della signora Immacolata si leggeva adesso lo sdegno.

Il suo odio, fino a pochi muniti prima riservato alla "spudorata intrusa" che minacciava di far perdere la testa al marito, si era adesso esteso, rabbioso e implacabile, a tutti i maschi della comitiva, con la sola eccezione del buon Peppino, il quale alla discussione sulla opportunità o meno di far calare la signora baronessa nel tino non era presente ed era stato per tutta la giornata l'unico a non mostrarsi elettrizzato per la presenza della bella ospite.

Abituata a pronunciare sentenze perentorie e inappellabili, non riuscirà questa volta ad imporre il nuovo diktat, la "generalessa" Immacolata. Quel che per ben due volte in poche ore era riuscita a fare con il docile e fin troppo arrendevole marito, allontanandolo imperiosamente dalla provocante scollatura di "quella donna", non riuscirà a farlo con gli scatenati parenti (compresi due dei suoi tre figli) ed i loro amici per bloccare una operazione che tutti ardentemente e fortissimamente volevano. Il marito ed il figlio Peppino saranno i soli a tenersi da parte, lontani addirittura dal casolare-palmento.

Durerà almeno tre quarti d'ora la laboriosissima preparazione della imbracatura, una buffa e assolutamente inutile messinscena, che serviva unicamente ad appagare la grande voglia di vedere e toccare di un gruppetto di contadini assetati di sesso, con la disinvolta e benevola condiscendenza della avvenente baronessa, la quale non perdeva certo occasione per esibire le sue splendide nudità.

Tornerà ad esibirle nel tino, quelle sue splendide e inquietanti nudità, mostrando anche qualcosina in più rispetto a quello che aveva fatto già vedere in mattinata nella vasca del palmento.

Cominciò col sollevare di nuovo il lungo vestito e agganciarselo ai fianchi, spiegando che, nello scendere gli scalini-pioli, non poteva e non doveva sentirsi impacciata e rischiare di rotolare giù per colpa di un vestito lungo che le si poteva anche impigliare tra le gambe.

Consigliò poi ai suoi assatanati ammiratori, con maliziosa disponibilità, di non limitare la imbracatura ai fianchi (come aveva proposto lo zio di Peppino), ma di estenderla anche ad altre parti del corpo: gambe, sedere, spalle, petto. E ad ogni passaggio della corda su cosce, natiche, fianchi, seni, erano almeno una dozzina le mani (ruvide e vogliose) che si posavano, palpavano, premevano, stringevano da tutte le parti.

Sorrideva divertita, la signora baronessa, man mano che l'operazione andava avanti, con tutta quella gente che spingeva e si dava da fare per vedere e toccare. Una operazione che sembrava non dovesse mai concludersi. Perché, quando tutto pareva finito, c'era sempre qualcuno che proponeva un supplemento di imbracatura.

"Per maggiore sicurezza", la motivazione ufficiale; ed era invece soltanto un pretesto, banale e assolutamente senza senso (da riderci sopra, insomma), per prolungare ancora quel generale "godimento" fatto di sguardi, palpeggiamenti, forse anche (per qualcuno) di qualcos'altro.

Il più inventivo, nella ricerca di sempre nuovi pretesti, era l'ultrasettantenne maestro di fisarmonica. Per l'arzillo vecchietto c'era sempre un passaggio della imbracatura troppo debole o non sufficientemente sicuro, da rinforzare quindi, come se la signora, anziché scendere sei o sette pioli di una scala nel tino di un palmento, si preparasse a calarsi in una voragine del Carso o in uno degli anfratti della grotta di Fingal. Sarà lui, ovviamente, l'ultimo a palparla, per il definitivo collaudo della imbracatura.

Sul bordo del tino, erano una dozzina gli uomini che stringevano non una, ma le tante corde della imbracatura (nessuno poteva sapere, a quel punto, quante fossero con esattezza), pronti a tirarle su in caso di pericolo. E non c'era uno solo, tra gli organizzatori ed esecutori della buffa messinscena, che temesse davvero qualcosa.

No, non erano di gente preoccupata le facce attorno al tino. C'era, in quelle facce, la gioiosa soddisfazione di chi era riuscito ad assicurarsi un posto in prima fila, la festosa attesa di chi stava per seguire uno spettacolo straordinario, con i favolosi seni della signora in primissimo piano.

Sorridente e ammaliante, la quarantunenne bionda baronessa anglo-teutonica dagli occhi azzurri discese non più di sei o sette pioli della scala, con le movenze e lo stile di una delle dive hollywoodiane che il cinema muto aveva proprio in quegli anni reso famose nel mondo, e si fermò quando poté intingere la punta del piede nudo (un piedone alla Greta Garbo) nel mosto. Nessun brivido, nessun pericolo: nel momento-clou della discesa, la bionda chioma della signora baronessa non si era abbassata al di sotto del bordo del tino.

Proprio nessun pericolo, nemmeno quando, tenendosi bene agganciata alla scala con entrambe le mani, la signora sollevò la testa spingendola all'indietro (come fanno oggi le conturbanti interpreti di pagatissimi spot pubblicitari) per porgere la bocca al filino di mosto che ancora scendeva dalla vasca e assaporare così quel delizioso nettare.

Chissà quanto pagherebbero oggi, i nostri produttori di vini, all'ideatore, al regista ed alla interprete di uno spot del genere, e quante giornate di lavoro sarebbero necessarie ad una troupe per realizzarlo.

Frieda fece tutto da sé, improvvisando con estro e maestria, in un minuto o due. E fu davvero brava a centrare con la bocca quel filino di mosto, anche se non poté evitare che alcune gocce finissero sulle guance, sui seni, in un occhio (sarà l'unico brivido dello show il gridolino della baronessa per quella goccia di mosto nell'occhio). Ripercorse quindi in salita i sei o sette scalini-pioli che aveva fatto in discesa, con le solite flessuose movenze da diva, e fu di nuovo in superficie.

Caloroso e festosissimo il ritorno, con applausi, abbracci, baci, come fosse ritornata non dal tino di un palmento, ma da una ardimentosa e rischiosissima spedizione di speleologi in chissà quale voragine o caverna. E intanto la ciurma si preparava per il nuovo spettacolo, che adesso era duplice: la pulitura con acqua fresca dell'occhio irritato dalla goccia di mosto e il disfacimento della imbracatura.

Un po' meno lungo e laborioso rispetto ai tempi della preparazione, ma non meno eccitante (per gli esecutori), lo scioglimento dei tanti nodi che legavano saldamente tutte quelle corde: con le solitc mani, ruvide e vogliose, che palpavano e premevano da ogni parte, ed i sorrisi sempre molto divertiti della signora baronessa.

Non erano nel palmento, come già si è detto, il padrone di casa ed il figlio Peppino, né al momento della discesa della signora nel tino né in quello della risalita, e nemmeno nelle laboriosissime fasi della preparazione e dello scioglimento dei nodi della imbracatura.

Il signor Carmelo era andato con la moglie ed alcune donne a pulire gli otri che sarebbero serviti l'indomani per trasportare il mosto dal tino del palmento alle botti nella cantina di casa; e Peppino era andato prima a raccogliere i fichi d'India che tanto piacevano alla signora, per metterli in fresco dentro una cesta nell'acqua della sorgiva, e poi a preparare un paniere di uva per lo scrittore Lawrence. Tornarono entrambi, con la "generalessa" Immacolata, quando la buffa messinscena si era ormai allegramente conclusa.

Frieda incrociò Peppino nello spiazzo dell'ingresso.

«Andiamo a bere un po' d'acqua fresca», gli propose la signora.

«Sì, certo, ne ho bisogno anch'io», rispose lui.

Girarono l'angolo del casolare e si ritrovarono insieme nel campo di gigli che li aveva già visti nudi e felici, di fronte alla sorgiva della grotta scavata nella roccia.

Bevvero entrambi la fresca e limpidissima acqua della fonte, e la signora baronessa restò ancora lì, sollevando il vestito (come aveva fatto in mattinata nella vasca del palmento) per bagnarsi piedi e gambe, in un piccolo ristagno all'ingresso della grotta.

«Bàgnali anche tu i piedi, è un refrigerio piacevolissimo», disse a Peppino.

L'accompagnatore non seguì il suo invito. Andò a raccogliere un bel fascio di gigli: per lei, naturalmente. E Frieda sarà felicissima di esibirlo, davanti a vendemmiatori e vendemmiatrici.

«È il regalo del mio carissimo Peppino», proclamò solennemente e andò ad abbracciarlo, il suo mulattiere, con tanto calore.

Una sorpresa, certo, per chi conosceva bene il taciturno e solitario Peppino, quel fascio di gigli: un gesto di grande sensibilità e attenzione per una bella signora, del quale nessuno lo riteneva capace. Anche mamma Immacolata ne fu sorpresa. E felicissima, naturalmente.

Non soltanto perché scopriva che quel figlio di poche parole e di pochi sorrisi era anche capace di dolcezze, di affetto (e di altro) nei confronti di una signora bella e importante, una baronessa, moglie di uno scrittore famoso; ma anche, se non soprattutto, perché quel gesto del figlio e le dolcissime parole della signora, quel suo atteggiamento così affettuoso nei confronti del mulattiere-servitore, cominciavano a far vacillare quella che per mezza giornata era stata per lei una certezza assoluta, e cioè che la signora baronessa avesse fatto e facesse di tutto, con i suoi atteggiamenti provocanti e spregiudicati, per far perdere la testa al marito.

Quel fascio di gigli, è chiaro, le faceva adesso guardare le cose con altro occhio: nulla di male, se a perdere la testa per la bella straniera era stato il figlio (e proprio quello, dei tre figli, che sembrava il meno portato alle follie amorose).

E la obbligava, naturalmente, a rivedere quel suo giudizio di condanna (un po' troppo affrettato, adesso se ne rendeva conto) nei confronti dell'ospite: allegra sì, ma non "spudorata e pericolosa rovina-famiglie". Lo farà in quello stesso pomeriggio, la signora Immacolata, senza pensarci due volte.

Restarono insieme nello spiazzo per gran parte del pomeriggio, la baronessa ed il mulattiere, seduti sulla panca in pietra a godersi lo spettacolo di una natura d'incanto, con l'Etna ed il mare di fronte, in un tiepido e limpidissimo pomeriggio di metà ottobre. Il suo bel fascio di gigli, Frieda lo aveva sistemato in un piccolo tinozzo colmo d'acqua, all'ombra dell'ulivo. E Peppino, accanto ai fiori, aveva deposto il paniere dell'uva preparato per il marito della signora.

Mangiarono ancora del pane con l'uva tenuta in fresco sin dalla mattinata nell'acqua della sorgiva, per passare poi ai fichi d'India (anch'essi tenuti in fresco) che le ruvide mani di Peppino sbucciavano con grande maestria, senza alcun timore per le spine.

Ed accanto a loro, per la improvvisata merenda, andò a sedersi (dalla parte di lei) la madre di Peppino, con grande sorpresa di chi l'aveva sentita strepitare in mattinata contro quella "svergognata".

Sorridente e cordialissima, la signora Immacolata. E con tanto appetito, avendo mangiato poco e di mala voglia allo spuntino di mezzogiorno, imbufalita com'era (allora) per il comportamento del marito che faceva il galletto con la straniera.

Erano tutti per la bella e simpatica ospite, adesso, i sorrisi della padrona di casa. Seduta gomito a gomito con Peppino e affettuosissima con lui, quella "spudorata e pericolosa rovinafamiglie" era ridiventata, nel giro di un'ora o poco più, la "distinta e incantevole signora" che Immacolata D'Allura aveva accolto a braccia aperte alle 8 del mattino, nei confronti della quale non poteva non confermare adesso la sua ammirazione, devozione, rispetto.

«Ci ha fatto un grandissimo piacere averla qui con noi, signora baronessa ...», le disse la padrona di casa, scandendo bene le parole perché tutti sentissero.

«Sono stata e sono io felicissima di stare con voi, e vi ringrazio tutti: mai una festa in campagna è stata per me così bella e divertente», rispose Frieda.

Aveva anche preparato un regalo per l'ospite, la madre di Peppino, e glielo consegnò: una filza di fichi secchi, lunga quasi un metro, ed un sacchetto di noci. «Si devono mangiare assieme», le raccomandò.

Ancora abbracci e baci, al momento del congedo. La signora Lawrence ed il giovane mulattiere lasciarono il vigneto poco prima del tramonto. Lei in sella al mulo (come sempre), con il suo bel fascio di gigli tra le braccia; lui a piedi, con il paniere dell'uva in spalla, che non aveva voluto agganciare alla sella-seggiola, come proponeva Frieda, per il timore che con gli scossoni durante il tortuoso e ripido tragitto l'uva si deteriorasse. Il sacchetto con i fichi secchi e le noci, quello sì, lo aveva agganciato alla seggiola.

A Taormina arrivarono verso l'imbrunire. Ma la signora, baronessa, per rientrare a casa, volle aspettare che facesse buio.

Si fermarono in una zona appartata della stradetta, poco prima di imboccare via Fontana vecchia, per pochi minuti. Frieda volle scendere dalla sella-seggiola per abbracciare il suo Peppino. Si baciarono con tanta passione, ma non andarono oltre, anche se ne avevano entrambi tanta voglia.

«Ti sei divertita?», domandò Peppino alla signora (si era finalmente lasciato convincere, dopo due mesi e mezzo, a dare del tu alla baronessa, almeno nei rapporti intimi).

«Moltissimo», rispose lei, raggiante. «Davvero una bella festa, la vendemmia, nelle vostre campagne, tra gente simpatica, che ti colma di attenzioni, di affetto, anche se ti conosce poco, e ti fa sentire a tuo agio ... E tu, Peppino?».

«Era una giornata bellissima per fare l'amore tra i gigli», la risposta di lui.

Tornarono a baciarsi ancora, prima che il mulattiere aiutasse la signora baronessa a risalire in sella. Era già buio, ma Peppino non diede al mulo l'ordine di ripartire. Si accostò alla sua donna, le sollevò il vestito, ancora odorante di mosto, per appoggiare la testa sulle sue bellissime gambe nude e baciarle. Le aveva tanto ammirate, per l'intera giornata, con tanta voglia di accarezzarle, di baciarle: seduto sul muretto della vasca del palmento, mentre lei continuava a pigiare allegramente, e nel campo di gigli, quando erano soli e lei si arrotolò ancora il vestito ai fianchi per bagnarsi le gambe con l'acqua fresca della sorgiva.

«Chissà quando potremo tornare a fare l'amore tra i gigli ...», le disse poi, staccandosi. «Il palmento sarà ancora pieno di gente in questi giorni, perché verranno da altri vigneti a pigiare l'uva da noi ...», spiegò. «E ci vorranno poi almeno due settimane per sistemare tutto, il palmento, la vigna ...».

Potranno fare l'amore due giorni dopo, tra i muri di un casolare semi-diroccato, in collina.

Non l'indomani, come entrambi desideravano ardentemente, perché la signora Betty doveva essere nel pomeriggio al San Domenico per un party offerto da una nobildonna di Palermo in onore della comunità inglese di Taormina, e mulo e mulattiere erano quindi impegnati per lei.

C'erano anche i coniugi Lawrence, nell'elenco degli invitati, ma sia lo scrittore che la moglie, nelle loro vacanze taorminesi, non amavano le cornici mondane ed avevano cortesemente declinato l'invito.

Agli incontri con la "dorata" nobiltà siciliana, la irrequieta figlia del barone tedesco Richthofen preferiva quelli con il suo giovane e vigoroso mulattiere.

VIII.

Tra i romanzi e racconti brevi che David Herbert Lawrence scrisse a Taormina, c'è una novella (pubblicata nel 1925, tre anni dopo la partenza sua e della moglie dalla Sicilia) che meglio sintetizza quello che era stato e sarà il tema dominante della sua narrativa: il "naturismo erotico", la sensualità come forza istintiva dell'amore nel salutare abbraccio con la natura, contro ipocrisie, proibizioni, imposizioni della morale borghese, le «bastarde umiliazioni del mondo» (come le definiva lo scrittore Lawrence).

Una novella che anticipava, in maniera chiara ed inequivocabile, personaggi e situazioni del romanzo che di quel naturismo erotico, di quella sensualità, di quegli amori carnali e sanguigni sarà l'espressione più esaltante, *L'amante di Lady Chatterley* (che vedrà la luce tre anni dopo, nel 1928).

Sole, il titolo ed il leit-motiv della novella (che lo scrittore-regista siciliano Melo Freni ha recentemente trasferito in palcoscenico, nel suggestivo scenario dei Giardini pubblici di Taormina). Il caldo sole di Sicilia, che «scalda i cuori e fortifica i corpi», al quale David Herbert Lawrence chiedeva il miracolo per la tisi galoppante che, dopo averlo privato delle "gioie della carne", minacciava seriamente di privarlo della vita.

Anche la protagonista della novella, come il marito di Frieda, era a Taormina per curarsi. «Portatela al sole, fatela spogliare completamente, perché possa prendere il sole in tutto il corpo», avevano detto e raccomandato i medici ai suoi genitori, al marito.

Lei non amava il sole, ma non esitò un solo istante a lasciare New York, dove viveva, per trasferirsi con la madre, il figlioletto ed una infermiera (ma senza il marito) in Sicilia.

E qui troverà la conferma di quello che dicevano e scrivevano i saggi nell'antica Grecia, che «un corpo non abbronzato dal sole è un corpo senza salute», per poi scoprire felicemente che «il sole è certamente più caldo dell'amore, ma, se non c'è l'amore, anche il sole si oscura».

Al caldo sole di Taormina, la giovane signora americana si abbronzerà, riacquisterà la salute, la gioia di vivere e di amare, e vivrà un nuovo grande amore, anche se il suo secondo figlio (che metterà al mondo in terra di Sicilia) sarà quello concepito con il marito poco prima della partenza da New York.

Miracolo del sole mediterraneo, la ritrovata gioia di vivere della signora, ma anche (se non soprattutto) di un giovane contadino siciliano, un Peppino D'Allura senza mulo ma con asino, il quale non aveva l'incarico di trasportare la padrona e le sue amiche a mezzo quadrupede, ma quello (molto più duro e faticoso) di lavorare nei campi con zappa e vanga, dalla mattina alla sera, e, come il mulattiere di Lady Lawrence, di spaccare e trasportare legna.

«Massiccio e grosso» (tutto il contrario di Peppino, che era mingherlino, anche se ben tornito), sui 35 anni (11 più di Peppino), una faccia gioiosa (ben diversa da quella malinconica del giovane amante della signora Lawrence), «mustacchi scuri spuntati e sopracciglia spesse che si univano sotto la fronte ampia e bassa», capelli neri e grandi occhi azzurri, nei quali la giovane signora newyorchese vedeva, scrive testualmente Lawrence, una «fiamma animalesca, che la faceva bruciar dentro».

Juliet, il nome della signora, non ancora trentenne (11 anni meno di Frieda, quindi). Senza nome (nella novella), il massiccio contadino che la faceva "bruciare" di passione, non bello ma simpatico, molto amato dalle ragazze del paese, sposato da poco con una giovanissima "mora", figlia di contadini, tutta pepe e gelosia.

Quando lo vide per la prima volta, la bionda e incantevole Juliet (non si intuiva nulla della seconda gravidanza, della quale allora neppure lei sapeva) non si era ancora decisa a lasciare l'accappatoio per prendere il sole integralmente, come le avevano suggerito i medici americani. Lui era «quasi nero di sole», in canottiera, pantaloni a mezza gamba, un cappellaccio di paglia in testa.

La signora lo rivide poi in un gruppetto di contadini, sotto un albero, «ballare svelto e allegro con un bambino, mentre sua moglie lo guardava rabbuiata» (era un figlio naturale, quel bambino, di cui anche la mogliettina sapeva?).

Ed il terzo incontro, quando Juliet si era finalmente decisa ad esporre ai raggi del sole il suo corpo color latte (prima stendendosi in costume da bagno nel terrazzo della bella casa che la ospitava e poi spogliandosi del tutto in giardino, in un angolo appartato della campagna), avvenne in «una mattinata calda in cui lei era andata a passeggiare nuda nella valletta, mentre lui stava chino, con le spalle possenti, a raccogliere legna che ammucchiava sul dorso dell'asino».

Fu allora che la signora si accorse, quando il contadino sollevò il viso per ammirarla nella sua ammaliante nudità, della «fiamma animalesca» che c'era nei suoi occhi; e quella fiamma (leggiamo ancora nella novella) «invase subito il corpo di lei, fondendole le ossa».

Non ci fu rapporto carnale, quella volta, perché la giovane signora americana, con quella fiamma che la «bruciava dentro», preferì «scomparire silenziosamente dietro un cespuglio», ed il massiccio contadino senza nome, forse ancora sotto shock per quella meravigliosa e assolutamente inaspettata visione botticelliana (mai vista, in vita sua, una donna passeggiare nuda in campagna), non se la sentì di inseguirla per saltarle subito addosso dietro il cespuglio.

Soltanto rinviato, comunque, il "tripudio dei sensi". Lawrence non ci dice nella novella quando avverrà. Scrive soltanto che Juliet (che proprio in quei giorni aveva ricevuto la visita del marito americano, al quale aveva detto a chiarissime lettere che non intendeva lasciare più la terra che le aveva ridato vigore e gioia di vivere), lo voleva ardentemente, quel massiccio contadino con la "fiamma animalesca" negli occhi, e lo avrà.

Avrebbe voluto anche «essere incinta di lui» anziché del marito, la signora, e per questo sentiva che «un rancore la invadeva», mentre parlava con il padre della creatura che teneva in grembo. Metterà al mondo anche un terzo figlio, con l'amante, dopo i due concepiti con il marito?

Tutto lascia pensare che la innamoratissima Juliet, ormai completamente trasformata nel fisico e nell'anima («rilucente di sole e calda vita», scrive Lawrence), realizzerà anche questo sogno, come l'inglese Connie con il guardacaccia Mellors nel romanzo *L'amante di Lady Chatterley*.

Ci sono tutti, nel semplice ma efficacissimo abbozzo della novella, i personaggi e le situazioni che avrebbero poi ispirato il romanzo. È diverso solo il paesaggio che fa da sfondo ai due racconti: quello di Taormina nella novella, un bosco inglese nel romanzo.

Ma erano davvero diversi, nella realtà, i luoghi in cui le due vicende si erano svolte? A leggere attentamente quello che lo stesso Lawrence scrisse, la risposta è decisamente "no". Erano perfettamente uguali, i due luoghi, ed uno solo il paesaggio, quello di Taormina.

Scrisse David Herbert Lawrence nella novella: «Juliet aveva una casa sopra il più azzurro dei mari, con un grande giardino, una vigna, tutte viti e ulivi che cadevano a picco, un gradone dietro l'altro, fino alla striscia della costa; e il giardino pieno di luoghi segreti, boschetti di limoni giù, in fondo ai crepacci del terreno, e verdi polle d'acqua pura, una sorgente che proviene da un piccolo recesso ... C'era il cactus dalle foglie piatte chiamato fico d'India ... la vivida selvatichezza dei luoghi antichi della civiltà greca e romana ... il profumo della mimosa e, dall'altra parte, la neve del vulcano».

Un paesaggio che è, chiaramente, quello del vigneto di Castelmola sopra Taormina, dove la signora Frieda Lawrence ed il mulattiere Peppino D'Allura si abbandonarono ai loro "giochi erotici sotto la pioggia".

C'erano anche lì le viti piantate a gradoni che scendevano dalla collina fino alla costa, gli ulivi, i fichi d'India, la sorgiva nella roccia; e la vivida selvatichezza dei luoghi antichi della civiltà rappresentati dalla colonia greca di Naxos, dal teatro greco di Taormina e da altre importanti vestigia della civiltà ellenica, davanti al vulcano Etna ammantato di neve ed al mare «di un azzurro fiordaliso».

Perfettamente identici, dunque, i luoghi delle due vicende. Come erano identiche le inquietudini sentimental-sessuali delle due signore: l'americana Juliet, irrequieta e insoddisfatta moglie di un uomo d'affari; la inglese con sangue tedesco Frieda, irrequieta e insoddisfatta moglie di uno scrittore.

Non abbiamo nella novella descrizioni di atti sessuali, che abbondano invece nel romanzo. Ma espressioni come «fiamma animalesca che brucia dentro», «fremente sessualità», «selvaggia vitalità», «getto di fuoco», «ossa fuse dalla fiamma», lasciano chiaramente intuire un campionario di rapporti carnali non meno frenetico ed esaltante di quello esibito da Peppino e Frieda nel vigneto e sulle colline di Castelmola.

In comune, anche se diversissimi fisicamente e caratterialmente, i due amanti taorminesi avevano una qualità importantissima: appartenevano entrambi al "solido ceppo contadino" che l'inglese David Herbert Lawrence aveva sempre esaltato nei suoi libri ed esalterà ancora di più nel romanzo *L'amante di Lady Chatterley*.

Razza contadina, simbolo di forza fisica, di virilità, come il gigantesco carrubo nel giardino della casetta di via Fontana vecchia, all'ombra del quale lo sfortunato scrittore, privato anzitempo della virilità, scriveva i suoi libri sempre più impregnati di sensualità, passioni e voglia d'amore.

Ci si domanda soltanto perché, nel descrivere due vicende pressoché uguali per intensità di passioni e voglia d'amore, con personaggi (sia i due contadini siciliani, sia le due signore straniere) che si somigliavano come gocce d'acqua, lo scrittore Lawrence (un "verista" alla Giovanni Verga, come lo hanno sempre considerato e lo considerano i critici) avesse poi ritenuto di ambientarne una nei luoghi in cui si era svolta davvero, a Taormina e dintorni, e trasferire l'altra in Inghilterra, dal vigneto e dalle colline di Castelmola al bosco nella immensa tenuta dei Chatterley, a Wragby.

Le ragioni di quel trasferimento lo scrittore non le chiarì ed i taorminesi non le conosceranno mai. Ma non si strapperanno certo i capelli e le vesti di dosso per essere stati privati (si fa per dire) di un singolarissimo privilegio da Guinnes dei primati, quello di aver ospitato i primi "giochi erotici sotto la pioggia" della letteratura mondiale.

Ci rideranno sopra, i taorminesi che conoscevano quello che era avvenuto nel vigneto tra la signora Frieda Lawrence ed il suo giovane e vigoroso mulattiere, quando apprenderanno, leggendo il romanzo, che quei "giochi" non erano avvenuti nelle campagne di Castelmola, ma in un bosco inglese. E quelli della signora Frieda con Peppino D'Allura cos'erano, innocenti giochi di boy-scout nei campeggi delle vacanze?

Comunque siano andate le cose, di un fatto si può essere certi: i "giochi erotici sotto la pioggia" non uscirono dalla fantasia del romanziere Lawrence. Leggiamo nel romanzo che Connie correva e volteggiava nuda sotto la pioggia «con quei movimenti di danza euritmica che aveva imparato tanti anni prima a Dresda».

Anche Frieda Lawrence, che a Dresda era nata, cresciuta e si era sposata, prima di trasferirsi con il marito professore in Inghilterra, frequentò l'Accademia di danza in quella città. Non mi sembra un particolare di poco conto: lo scrittore Lawrence non può averlo buttato lì per caso, senza pensarci.

«Un argomento in più», spiega il giornalista Sergio Di Giacomo, critico letterario e attento studioso dell'opera omnia di Lawrence, «a favore di chi sostiene, da anni, non soltanto che Frieda e Connie erano la stessa persona (come ormai è unanimemente riconosciuto da critici e biografi), ma anche che fu un siciliano il vero amante di Lady Chatterley, ed una storia realmente accaduta in Sicilia, nelle campagne di Taormina e Castelmola, ad ispirare il più scandaloso romanzo del Novecento».

IX.

Erano pieni di gente, per l'intero mese di ottobre, il vigneto ed il palmento dei D'Allura, e Peppino, per fare l'amore con la signora baronessa, dovette cercare e inventare un'altra alcova.

La trovò in un casolare semi-diroccato che faceva parte delle proprietà della "signora della collina", ad un tiro di schioppo dalla sua residenza, ma in zona appartata rispetto a trazzere e viottoli di passaggio. Bastava imboccare un viottolo coperto da un querceto, ad un certo punto della salita, e la signora in groppa al mulo spariva con il suo accompagnatore. Il casolare era dall'altro lato del boschetto.

La nuova alcova non era fatta di stracci e vecchi grembiuli, come nel palmento. Peppino aveva portato da casa una coperta (logora, ma non ancora da buttar via) ed un lenzuolo bianco fresco di bucato, sottratti alla madre senza che lei se ne accorgesse.

Un giaciglio en plein air, nel punto in cui la collina non superava gli 850 metri. A mezzogiorno, attraverso il tetto sfondato, i raggi del sole a picco sul casolare arrivavano direttamente sui corpi "aggrovigliati" dei due amanti.

«Una sensualità acuta e ardente come fuoco, che bruciava le loro anime come esche», scriverà Lawrence nel romanzo, con forti e colorite espressioni non dissimili da quelle che aveva usato tre anni prima nella novella *Sole*, dove la sensualità era «bruciante» e la «fiamma animalesca» che Juliet vedeva negli occhi del massiccio contadino spaccalegna «le invadeva il corpo fino a fonderle le ossa».

Ed è francamente difficile credere che fiammate sensuali così brucianti, di tale intensità e forza animalesca, potessero scatenare in egual misura il focosissimo contadino siciliano della novella *Sole* ed il flemmatico guardacaccia inglese del romanzo *L'amante di Lady Chatterley*.

Non ci credono gli inglesi, per i quali è più che valida l'ipotesi che ad ispirare il romanzo fosse stata una storia realmente accaduta in Sicilia, protagonista la stessa moglie dello scrittore, durante il soggiorno dei coniugi Lawrence a Taormina.

Furono i critici d'oltre Manica, si è già detto, a bollare il romanzo come «sudicio libercolo di un marito guardone e impotente», quando apparve in Italia nel 1928. E sono adesso i giornali inglesi, dall'autorevole *The Guardian* al popolare da sei-sette milioni di copie *Mail on Sunday*, a pubblicare pagine e pagine sulle nuove rivelazioni arrivate dalla Sicilia, con tanto di foto del giovane mulattiere Peppino D'Allura (l'unica esistente di lui, in divisa militare, scattata un paio di anni prima degli incontri con la signora Lawrence nel vigneto di Castelmola).

Nelle campagne di Taormina e Castelmola, non in un bosco inglese, bruciavano i «corpi ardenti» dei veri Connie Chatterley e Oliver Mellors. Prima in un vigneto, poi in un campo di gigli, e adesso in un casolare semi-diroccato in collina, con i raggi del sole che arrivavano a picco sui loro corpi completamente nudi attraverso il tetto sfondato.

Se ne stavano distesi sul dorso, dopo il nuovo felicissimo "tripudio dei sensi", la signora Frieda Lawrence ed il mulattiere Peppino D'Allura: il braccio sinistro di lui sotto il collo di lei, la mano destra di lei sul basso ventre di lui, su quel pene ormai piccolo piccolo che sembrava un «tenero germoglio» (parole di Lawrence), ma dava già segnali di «voler ricominciare a fremere».

Le splendide gambe della signora, fino a pochi giorni prima color dell'avorio, erano adesso leggermente rosate, quasi rosso il viso, i capelli biondi scoloriti dal sole. Sempre zebrato in bianco e nero, invece, il corpo di Peppino, che la canottiera ed i pantaloni lunghi arrotolati sopra la caviglia, in piena estate, li toglieva soltanto per fare l'amore e la sera quando andava a letto per dormire.

Piaceva molto, alla signora baronessa, quel "nido d'amore" in collina.

«Con il sole addosso è ancora più bello fare l'amore», confidava al suo compagno di giaciglio, «ed è un privilegio di voi siciliani poterlo fare anche in autunno (quasi a fine ottobre), non soltanto in estate e primavera, e per di più a 850 metri di altezza».

Poi, abbandonandosi ai ricordi: «Mi pare di essere tornata indietro di una trentina di anni, quando da ragazzina, nella nostra bella casa di Dresda che sembrava un castello, dall'inizio dell'autunno alla fine della primavera passavo ore ed ore nel lucernario accanto alla mia cameretta per prendere il sole, nelle poche giornate in cui c'era il sole ...

«Anche qui, come in un lucernario, il sole ti arriva addosso, e puoi metterti come vuoi, nuda come siamo noi, fare l'amore sotto i raggi del sole, senza il pericolo che qualcuno ti veda ... Io avevo la fortuna di poter prendere il sole anche in pieno inverno standomene nuda al calduccio a casa mia, sdraiata per terra o seduta in poltrona, mentre fuori si intirizziva dal freddo ... Non avevo la fortuna, allora, di poter fare l'amore sotto i raggi del sole. Ero soltanto una ragazzina di 10 o 11 anni ...».

Si alzò di scatto la signora, con il guizzo felino che Peppino ben conosceva, e si piazzò in ginocchio davanti al suo "torello" ancora disteso.

«Adesso ce l'ho, la grande fortuna di poter fare l'amore con i raggi del sole addosso», proclamò a gran voce in presenza di due passerotti che si erano posati sul davanzale di una ex finestra. Quindi, rivolta ancora con visibile divertimento ai due uccellini che pigolavano allegramente: «Ditelo ai vostri amici che la signora Frieda Lawrence ha adesso il suo uomo, un torello forte e dolcissimo, per fare l'amore».

Si abbassò sul suo uomo, strofinando con i seni il tenero "germoglio" che crebbe visibilmente e ridiventò "arbusto" in pochi secondi. La voglia di ricominciare, è chiaro, c'era anche in Peppino.

Dovette rialzarsi, purtroppo, il "torello forte e dolcissimo", per ricordare alla signora baronessa che era quasi l'una e la sua amica l'aspettava per il pranzo. Gradì poco, Frieda, quel richiamo (doveroso, certo, da parte del servitore amante), ma dovette convenire con lui: «Sì, è vero, non c'è più il tempo».

Tornarono in strada e in un quarto d'ora o poco più raggiunsero il mini-villaggio della signora Betty. Mangiarono entrambi di buon appetito: lei con l'amica, nella grande terrazza all'ombra dei cannicci che guardava l'Etna e il mare; lui a casa sua.

Una bella notizia, per Frieda (con tanto di invito, ovviamente): una nuova vendemmia, questa volta nei vigneti e nel palmento della signora Betty.

Peppino conosceva già la data, ma non ne aveva parlato a Frieda: aspettava che fosse la padrona ad invitarla e a dare a lui il solito ordine di servizio per andare a prelevarla di buon mattino. L'invito alla signora arrivò durante il pranzo e l'ordine di servizio al mulattiere nel tardo pomeriggio, quando Peppino si ripresentò con il mulo per riportare l'ospite a casa. Chi fosse più felice, dei due, impossibile dirlo. La loro bella avventura continuava.

Aspettarono che facesse completamente buio nella solita zona appartata della stradetta, prima di imboccare via Fontana vecchia.

«Ho ancora tanta voglia di fare l'amore», disse la signora al suo mulattiere, baciandolo ardentemente.

«Anch'io», rispose lui, «più di stamattina, ma non possiamo qui ...».

«Perché non qui?», lo interruppe lei, mostrando ancora una volta di gradire poco anche il più legittimo e giustificato degli impedimenti alla sua voglia di sesso.

«C'è gente che passa da qui fino a tardi», le spiegò il devoto e giudizioso Peppino.

«Io, a quest'ora, non ho mai visto passare nessuno da qui», ribatté lei seccamente, ed il tono questa volta era decisamente aspro.

Si sedettero su un muretto, uno accanto all'altra, ma senza sfiorarsi. Un silenzio gelido, imbarazzante per entrambi. Poi la signora si alzò, per sedersi sulle gambe di lui.

«E adesso, quando potremo tornare a fare l'amore?», gli domandò, con un tono che aveva d'un colpo abbandonato ogni asprezza per ridiventare quello accattivante e dolcissimo di sempre.

«Il giorno della vendemmia, dopodomani, difficilmente potremo restare da soli», spiegò ancora il mulattiere. «E domani, con i preparativi della vendemmia, è impensabile che la mia padrona possa mandare me a prenderti con il mulo, perché il mulo serve per il lavoro ...».

«Verrò io lassù, a piedi», tagliò corto Frieda. «A mezzogiorno in punto sarò nel nostro casolare senza tetto, a prendere il sole». Poi, con la vezzosa dolcezza della gattina innamorata: «Tu ci sarai, vero? Li troverai un paio di minuti per me, senza il permesso della tua padrona, vero? ...».

Arriverà puntuale, cinque minuti prima di mezzogiorno,

l'innamoratissimo Peppino: a piedi, naturalmente. Frieda era lì da qualche minuto, fresca come una rosa, per nulla affaticata dalla lunga scarpinata, anche se non la faceva da più di tre mesi.

«Potrei anche riprendere la vecchia abitudine di fare la strada a piedi», spiegò al suo mulattiere.

Tornarono ad avvinghiarsi felici, con i raggi del sole addosso; e, dopo il godimento, a stendersi ancora uno accanto all'altro.

Il sole picchiava forte, come in piena estate. Per proteggersi gli occhi, lei li coprì con la camicetta, lui con la canottiera. E con quelle improvvisate "bende" sugli occhi si addormentarono. Peppino non aveva impegni di lavoro immediati con la padrona e Frieda poteva stare tranquillamente fuori fino a sera.

Si svegliarono dopo più di un'ora, sereni, appagati e un po' infreddoliti, perché i raggi del sole erano già lontani dal tetto sfondato, ed in ottobre, a 850 metri di quota, la temperatura all'ombra si abbassava di colpo.

«Sei stata brava a salire quassù a piedi», disse Peppino alla signora baronessa. «Così adesso sappiamo che possiamo incontrarci anche quando non sei invitata a pranzo o per il tè dalla tua amica. Se tu puoi fare a meno del mulo, possiamo vederci quando vogliamo, anche a mezza strada, nel palmento di mio padre: per te è più vicino e fai meno fatica ad arrivarci».

«Sì, certo, possiamo vederci lì ogni giorno, e per tutto il tempo che vogliamo», si entusiasmò la signora.

«Sai qual è la cosa che più desidero fare», riprese lui, «quando torneremo nel nostro vigneto? Fare l'amore nel campo dei gigli ... Non so se a fine ottobre sarà ancora possibile, perché con le prime piogge il freddo in campagna si fa sentire, anche se laggiù siamo a 600 metri ...».

Risposta immediata di lei: «Ci metteremo dentro, se fuori ci sarà freddo ...».

Poi, con la faccia della giovincella che sogna ad occhi aperti: «Sai qual è la cosa che più desidero fare laggiù? Fare l'amore nella vasca del palmento. Ed anche nel tino: nudi, laggiù, in fondo al pozzo. Non è meraviglioso? ...».

Il filosofo-teologo Abelardo, uno dei grandi amanti della letteratura mondiale del Medioevo, diceva che lui e l'innamoratissima sua allieva Eloisa, in un anno d'amore, erano passati attraverso «tutti gli stadi e le raffinatezze della passione». Frieda, che quelle raffinatezze le aveva provate tutte (con i mariti e, soprattutto, con gli amanti), mirava chiaramente a fare molto di più dei due celebri concubini francesi del XII secolo, inseguendo anche un altro stimolante record, quello dei luoghi più impensati per fare l'amore.

Era già cospicuo e fortemente variegato il suo curriculum in questo campo, essendo passata attraverso le stalle dei possedimenti del padre (dove uno zio che tornava da una galoppata l'aveva trovata completamente nuda, non ancora sedicenne, tra le braccia del trentenne stalliere che le insegnava ad andare a cavallo), le toilettes del collegio riservate al corpo insegnante (dove una professoressa l'aveva trovata, con la camicetta unico indumento addosso, sulle ginocchia di un professore quarantenne), il retrobottega di una macelleria (in intimità con il padre di un allievo del suo primo marito professore), lo sgabuzzino annesso alla portineria dell'Accademia di danza a Dresda (con il giovane portinaio, quando era già sposata con il professore), la baita sui Pirenei (con il boscaiolo spagnolo).

Il giornalista inglese Sebastian O'Kelly ha scritto sul *Mail on Sunday* che, per fare il conto di tutti gli amanti della signora Lawrence, occorrerebbe consultare gli elenchi telefonici del tempo, e non soltanto quello inglese e il tedesco.

A Taormina, la signora aveva ulteriormente arricchito e impreziosito il suo già ricco e prezioso "palmarés", prima nel vigneto, con i "giochi erotici sotto la pioggia" ed il furente "accoppiamento animalesco" nella pozzanghera, poi nel campo dei gigli e nel casolare semi-diroccato in collina, con il tetto sfondato ed i raggi del sole addosso. E adesso, il doppio sfizio dell'amore nella vasca del palmento e in fondo al tino.

«Lo faremo anche in fondo al tino, vero?», insisteva la signora baronessa.

E lui: «Certo che lo faremo, appena possibile».

C'era soltanto da aspettare, a sentire il devoto e innamoratissimo Peppino, che il palmento si liberasse, a fine ottobre.

X.

C'erano tutti, i parenti di Peppino, alla festa della vendemmia nei vigneti e nel palmento della "signora della collina": padre, madre, fratelli, zii, cugini. Tra i contadini, facce già viste all'altra vendemmia, quella dei D'Allura, e tante altre nuove. Anche le donne che andavano e venivano con le ceste dell'uva in testa erano molte di più. Qui i vigneti erano parecchi, non tutti nella stessa contrada, e la vendemmia durava non uno ma due giorni. La festa con musica e balli, naturalmente, era limitata al primo giorno.

Organizzava tutto, con piglio manageriale, lo sposo siciliano della signora Betty: un agricoltore di 54 anni, Giuseppe (il signor Pino, per i contadini del luogo), alto e prestante, brizzolato, esperto vignaiolo, che il denaro della ricchissima moglie inglese (sette anni più di lui, esile e arcigna) aveva saputo investirlo bene, con l'acquisto di nuove proprietà, oltre che con la costruzione della favolosa residenza che la signora aveva sempre sognato, dal giorno in cui era arrivata in gita su quelle colline, affascinata dalla storia della "grande esiliata" sua connazionale Florence Trevelyan, cugina ed ex amante del re Edoardo VII, che a Taormina era morta nel 1907 e accanto alla sua casa di campagna aveva voluto essere sepolta.

La residenza era a poco meno di 900 metri di altezza. Una sorta di mini-villaggio alpino, con tre casette di due stanze attorno ad una molto grande, tutte con muri in pietra a facciavista, tetto spiovente in legno e tegole in cotto siciliano, ciascuna con il suo bel patio all'ingresso, il pozzetto per la raccolta dell'acqua piovana ed almeno un albero d'ulivo accanto.

Riservata ai padroni (ed all'unico figlio che la signora aveva avuto dal primo marito inglese), quella centrale, con terrazze che dominavano un panorama tra i più vasti e incantevoli di Sicilia, dall'Etna alle baie di Naxos, Isola bella e Mazzarò, al teatro greco di Taormina, alla costa calabra. Destinate agli ospiti (ne avevano sempre, di tutte le nazionalità), le tre casette.

Festa grande, dunque, per l'inizio della vendemmia. L'arzillo vecchietto con fisarmonica, che i D'Allura avevano invitato alla loro vendemmia in onore dell'ospite straniera, questa volta non era solo: c'era anche un chitarrista, ultrasettantenne e pieno di brio pure lui, per allietare lo spuntino di mezzogiorno a vendemmiatrici, vendemmiatori, ospiti e padroni.

Niente però esibizioni come pigiatori d'uva, per i due contadini-musici. Esclusa dalla vasca del palmento anche l'ospite più ammirata, la signora Lawrence. I pigiatori ufficiali erano sei o sette, non di più, e non tutti impegnati contemporaneamente. Chi sperava di rivedere la incantevole baronessa con il lungo vestito agganciato ai fianchi e le bellissime gambe impiastricciate di mosto, rimarrà profondamente deluso.

Frieda era vestita d'azzurro, il colore dei suoi occhi, con la solita generosa scollatura. Anche la sessantunenne padrona di casa, occhi viola, capelli sale e pepe, faccia tesa e collo dritto come certe caratteriste del teatro vittoriano, era in azzurro: un vestito non lungo, il suo, poco sotto il ginocchio, con scollatura più che castigata (anche perché, chiaramente, aveva ben poco da esibire).

Allo spuntino di mezzogiorno, che per il troppo lavoro si poté consumare solo nel primo pomeriggio, fu il figlio inglese della padrona di casa, uno spilungone con i riccioli biondi e gli occhi cerulei, Edward, che aveva 24 anni come Peppino e lo sopravanzava in altezza di un paio di spanne, ad aprire le danze con la quarantunenne ammiratissima ospite (non senza incertezze, soprattutto nel valzer, a giudizio del super-esperto padre di Peppino), mentre il suo patrigno siciliano ballava splendidamente con la moglie inglese (che proprio con il ballo, dicevano gli amici, aveva conquistato).

Non insensibile al fascino di quei seni prorompenti, l'albionico padroncino di casa ballò a lungo con Frieda, concedendola solo per un giro di valzer al prestante e brizzolato patrigno. Il quale sembrava meno interessato del ragazzo (o per nulla interessato) a quella generosa scollatura, non sappiamo se per sua natura (sensibile più al fascino dei maschietti che delle donne) o perché costantemente sotto gli occhi implacabili della arcigna moglie. A sentire i figli di alcuni contadini che lavoravano per lui, sarebbe la prima ipotesi quella giusta.

Ed il buon Peppino? Lui se ne stava in un angolo. Frieda, nei suoi vorticosi giri di valzer, riusciva qualche volta ad inquadrare la sua faccia seminascosta dal tronco di un ulivo: gli sorrideva amabilmente e lui rispondeva con un cenno della mano. Geloso per le attenzioni un po' troppo insistenti che il ricchissimo giovanotto inglese dai riccioli biondi riservava alla signora? Se lo era, faceva di tutto per non dimostrarlo, riuscendoci molto bene.

E tuttavia, qualche inquietudine doveva provarla, se la sera, quando si ritrovarono soli nella solita zona appartata della stradetta prima di imboccare con il buio via Fontana vecchia, si rivolse alla signora baronessa con una domanda non irrispettosa, ma che in momenti di serenità certo non avrebbe fatto.

«Ti piace il bellissimo figlio della tua ricchissima amica? ...», le domandò con un tono tra l'inquisitorio, l'ironico e lo scocciato.

La risata di Frieda, eloquente non meno della risposta, lo rassicurò.

«Con gli inglesi, caro Peppino, si balla, si scherza, si discute benissimo, ma non sempre si fa bene l'amore, ed io adoro gli uomini che fanno benissimo l'amore», le inequivocabili parole della signora.

Mangiarono di buon appetito, vendemmiatori e vendemmiatrici, padroni di casa e ospiti (due coppie di inglesi, sui 50, che occupavano da una settimana due dei tre mini-appartamenti). Non molto diverso il menu da quello preparato dai D'Allura per la loro vendemmia, ed in più costolette di maiale al forno, gustosissime.

Mancava qualcosa, purtroppo: l'allegria, la voglia di divertimento, il calore umano che è stato e sarà sempre la grande risorsa della gente del Sud e del mondo rurale in particolare.

Pochissime le coppie in pista, nessuno dei contadini che osasse invitare la baronessa Frieda a ballare, al contrario di quello che era avvenuto qualche giorno prima nel vigneto dei D'Allura, dove alla incantevole ospite i parenti ed amici del mulattiere Peppino non avevano dato tregua (ed il divertimento, chiaramente, era anzitutto suo, della signora baronessa).

Una atmosfera di generale afflosciamento, per dirla in breve. E non soltanto perché le gambe della signora Lawrence erano, questa volta, rigorosamente coperte. A frenare i contadini, anziani e giovani, era certamente la presenza della padrona di casa, la soggezione che quella signora inglese esile e dura, poco o per nulla disponibile al sorriso con i dipendenti, incuteva.

L'arzillo vecchietto con fisarmonica non si alzò una sola volta dal suo scanno per incalzare da presso l'avvenente baronessa che ballava in pista con il partner di turno e sussurrarle paroline dolci in risposta ai suoi adorabili sorrisi.

Ed il padre, i fratelli, gli zii, i cugini di Peppino, dopo aver salutato la signora Frieda con rispettosissime strette di mano (nel momento in cui aveva messo piede di buon mattino nel vigneto in compagnia del suo mulattiere), si erano poi per tutta la giornata tenuti in disparte.

Non entusiasmava proprio nessuno, quella festa. E il disagio si leggeva, anzitutto, sul volto della signora Lawrence. Troppi i formalismi, le ipocrisie, steccati e barriere sociali che lei, non meno del marito scrittore, aveva sempre duramente condannato. Inconcepibili e assolutamente fuori luogo, quelle odiose barriere, in una festa della vendemmia: da una parte i padroni ed i loro ospiti, serviti ad una tavola bene imbandita, e dall'altra, in piedi o ammassati su panche di pietra e sgabelli con il piatto sulle ginocchia, vendemmiatori e vendemmiatrici.

Discriminazioni che si estendevano anche alla pista da ballo improvvisata davanti al palmento: nessun invito da parte del sicilianissimo signor Pino padrone di casa e del figliastro inglese alle mogli ed alle figlie dei contadini (ce n'erano molto belle, facce simpatiche, pulite). E tutto questo, è chiaro, non faceva che accentuare il disagio, scavando un solco sempre più profondo tra i due gruppi.

«Una festa? Nelle feste ci si diverte, si scherza, si ride, ed io lassù ho visto pochi sorrisi», confiderà poi Frieda al suo mulattiere, scendendo la sera verso Taormina.

Una critica fin troppo chiara nei confronti della sua grande amica Betty, che non scalfiva comunque la loro vecchia e solida amicizia.

Lei aveva avuto ed avrà tanto da quel personaggio da commedia vittoriana che era l'amica inglese, burbera, dura e con la puzza sotto il naso nei confronti dei dipendenti, ma generosissima con le persone del suo rango.

Alla moglie dello scrittore Lawrence la "signora della collina" aveva già offerto per i suoi spostamenti mulo con comodissima seggiola e mulattiere. Fra qualche mese, quando saprà della sua storia con Peppino, le metterà a disposizione per l'inverno anche una delle casette del suo mini-villaggio, calda e confortevole. Ed in quel letto a due piazze ci sarà posto pure per il mulattiere Peppino D'Allura.

Consenziente la padrona di casa, naturalmente. Capitava anche con la burbera Betty (qualche volta, non sempre) che i conflitti tra classi sociali si risolvessero felicemente a letto, per un miracolo d'amore.

XI.

Ed arrivò il giorno in cui poterono finalmente tornare da soli nel vigneto del loro primo incontro, la signora Frieda Lawrence ed il mulattiere Peppino: addirittura in anticipo sul previsto, quando mancava un giorno alla fine di ottobre.

Avevano lavorato sodo, gli uomini di casa D'Allura (padre, fratelli, figli, nipoti), per rimettere a posto palmento e vigneto; e non si può certo dire che lo avessero fatto con tanto impegno e tanta fretta per dare una mano a Peppino ed alla signora baronessa: di quella appassionata e furente love story il parentado D'Allura continuava a non sapere nulla.

Tutto, all'interno del casolare, era ancora impregnato dell'aspro e inebriante odore del mosto: le ceste, i canestri, i grembiuli delle vendemmiatrici, la scala a pioli che ai vendemmiatori era servita per prelevare il mosto dal tino ed alla incantevole e scatenata ospite per dare spettacolo.

E fu proprio la scala, appoggiata ancora ad una parete del tino, la prima cosa che la signora notò entrando, quella che la fece subito accendere di entusiasmo (e voglie alla Abelardo ed Eloisa).

«È qui, hai visto, Peppino? ... Già pronta per noi, possiamo scendere subito per fare l'amore laggiù», disse al suo mulattiere.

La prese per mano, il buon Peppino, e con lei si accostò al tino, fermandosi sul bordo. «Lo senti cosa viene su dal fondo?», le domandò.

Era stato prelevato da più di una settimana, il mosto dell'ultima vendemmia, ed era ancora così intenso ed aspro l'odore che, oltre ad inebriare, stordiva. «Non si può resistere per molto tempo, laggiù», spiegò il mulattiere alla sua donna. «Bisognerà tenere aperte la porta e le due finestre per almeno un paio di giorni, per far circolare e ricambiare bene l'aria ...».

Anche questa volta, come era successo già in altre discussioni, Frieda dovette convenire con lui: «Sì, hai ragione tu ...».

Ancora da rinviare, dunque, la realizzazione di quello che era stato ed era uno dei suoi due grandi sogni. L'altro (fare l'amore nella vasca del palmento) si poteva invece realizzare anche quel giorno, essendo la vasca molto più arieggiata del tino scavato nella roccia. Nulla da eccepire, da parte del padrone di casa.

«Possiamo farlo, certo, anche adesso», volle subito chiarire Peppino. «Ma perché tanta fretta? ... Oggi non ci aspetta nessuno: se vogliamo, possiamo stare qui a far l'amore fino a sera ...».

Non c'era nessuna fretta, quel giorno: niente impegni ed orari da rispettare, non avendo avuto Frieda alcun invito da parte dell'amica Betty, né per il pranzo né per il tè.

La signora Lawrence ed il suo giovane mulattiere si erano incontrati, come d'accordo, a mezza strada, lei salendo a piedi da Taormina (in meno di un'ora), lui scendendo dalla collina (senza mulo, visto che non c'era alcun ordine di servizio da parte della padrona).

Era una limpidissima giornata di fine ottobre, calda come in estate, l'ambiente ed il clima ideali perché un altro grande sogno si realizzasse, quello di Peppino: fare di nuovo l'amore tra i gigli, come al secondo loro incontro, con il sole di mezzogiorno addosso.

«Per farlo nella vasca del palmento», spiegò il giovane mulattiere, «c'è sempre tempo: alla prima giornata di pioggia, per esempio».

Uscirono all'aperto e voltarono l'angolo abbracciati. Qualcuno, nei giorni delle vendemmie in serie, aveva fatto razzia dei gigli di campo, e ne erano rimasti pochi, tutti molto bassi. Una bella distesa rosa, comunque, nella quale la signora Frieda (dimenticando ormai la vasca del palmento) si tuffò con gioiosa levità.

Non si spogliò, però, come l'altra volta, per riapparire poi nuda da quel giardinetto in fiore: non erano abbastanza alti i gigli per coprirla durante il denudamento e consentirle il grande show a sorpresa, spettacolare ed ammaliante. Volle che fosse il suo Peppino, questa volta, a spogliarla. Ed il ragazzo, ormai un "maestro" nell'arte amatoria (anche nell'approccio, non soltanto nell'atto carnale), non si lasciò certo pregare.

C'era un bel pezzo del loro appassionatissimo amore, in quel campo di gigli. A Frieda il sedile in pietra scavato nella roccia, al quale si erano di nuovo accostati, ricordava un orgasmo tra i più esaltanti, ed a Peppino il superamento definitivo dello shock del primo incontro nel vigneto. Aveva avuto una importantissima conferma, in quel campo di gigli, il ventiquattrenne Peppino D'Allura: la definitiva certezza di essere un "uomo".

Ricordava quegli splendidi momenti, il giovane mulattiere, mentre spogliava la sua donna. Il vestito era quello grigio a fiorellini rossi e gialli che la signora aveva indossato il giorno della prima vendemmia. Glielo sollevò fino alle spalle, l'ardente Peppino, per poter affondare il viso tra quei seni turgidi ed invitanti, per prendere i capezzoli tra le labbra e mordicchiarli, come aveva imparato a fare proprio con lei.

Sotto il vestito, niente. Non aveva addosso null'altro, la signora baronessa, neppure le mutandine di pizzo bianco che gli assatanati vendemmiatori avevano intravisto nella vasca del palmento. In campagna, d'estate (ed il mese di ottobre, quell'anno, sembrava proprio estate), amava andare in giro così la signora, con il solo vestito di leggerissimo cotone addosso.

Finì sul sedile in pietra, quel vestito, insieme alla camicia di lui, che fu lei a sfilargli (i pantaloni no, Peppino non volle che glieli sfilasse). Era abbastanza levigata, per fortuna, la superficie, e quei due indumenti potevano anche bastare per proteggere in qualche modo chi vi si stendeva.

Il giovane mulattiere sollevò di peso la signora, con le sue non appariscenti ma poderose braccia, per deporla sul sedile. Per lui no, non c'era posto accanto alla incantevole Venere nuda. Peppino poteva soltanto inginocchiarsi e chinarsi su di lei per accarezzarla, baciarla.

«Hai deciso di farmi un altro regalo, come quello dell'altra volta? ...», pigolò dolcemente la signora all'orecchio del suo uomo.

Accostò anche lui le labbra all'orecchio della baronessa.

«Il regalo non lo faccio soltanto a te, lo faccio anche a me, ed è un regalo bellissimo che mi faccio», le rispose. «Quando sento che stai per godere, soltanto con i miei baci», le spiegò, «sono felice come e forse più di quando godo io, dentro di te ...».

Girò il volto dall'altra parte, la signora, offrendo il bel corpo appena dorato dal sole di Sicilia al suo vigoroso e dolcissimo amante. «Avevamo il sole addosso, certo, ma non era soltanto il sole a farla bruciare, la mia carissima baronessa ... Lei aveva dentro il fuoco, quel giorno, più di altre volte», racconterà Peppino ai compagni di osteria.

Sentiva le turgide labbra del suo giovane mulattiere posarsi sui seni, la signora, la sua lingua ardente che scendeva giù sull'ombelico, sul basso ventre. E ad ogni sussulto, ad ogni fremito di piacere di quel «bellissimo corpo ormai in fiamme» (è di

Lawrence, non del mulattiere Peppino, la coloritissima espressione), quella lingua diventava più ardente e violenta, premeva, tormentava, «con una sensualità penetrante, senza freni» (ancora Lawrence), ed i fremiti della signora diventavano spasimi di piacere, per esplodere da lì a poco nel felicissimo grido dell'orgasmo che tanto esaltava il suo vigoroso e dolcissimo partner.

Si rigirò dopo un paio di minuti, la signora baronessa.

«Me lo stai insegnando tu, giorno dopo giorno, cosa significa amare ...», disse al suo Peppino, fissandolo con i grandi occhi azzurri che per l'emozione le si erano velati di lacrime.

Si alzò, la signora, stese per terra il proprio vestito con la camicia di lui e fece per sdraiarcisi sopra, tra i gigli.

«Adesso vieni tu su di me, voglio che tu goda come e più di me», gli disse.

«No, non ora», la risposta (sorprendente, certo, per lei) di Peppino. «Adesso voglio farti una bella sorpresa», le spiegò.

A cosa poteva pensare, Frieda, se non al palmento, alla sorpresa di un giaciglio che Peppino poteva aver già approntato nella vasca?

Sapeva che dal casolare semi-diroccato in collina, dal momento che non era più necessario salire fin lassù per fare l'amore, il suo compagno aveva portato via la coperta ed il lenzuolo. E dunque, cos'altro poteva essere la sorpresa, per lei, se non il giaciglio nella vasca del palmento che tanto aveva sognato?

Era un'altra la sorpresa di Peppino: le costolette d'agnello che si preparava ad arrostire sulla brace. Frieda le aveva già gustate nella terrazza dell'amica in collina, mangiandole con forchetta e coltello, come era d'obbligo tra gente del loro rango. Ne aveva parlato poi al suo mulattiere, di quelle gustosissime costolette, e Peppino le aveva promesso: «Le mangeremo insieme, il giorno in cui torneremo ad essere soli nel nostro vigneto; e le mangeremo con le mani, non con forchetta e coltello ...». Era appunto arrivato, quel giorno.

Il focolare c'era già, improvvisato con due grosse pietre appoggiate al muro del casolare e la legna da ardere pronta al centro. La signora lo aveva notato accanto al sedile in pietra all'ingresso (non c'era, lo ricordava benissimo, il giorno della prima vendemmia), ma aveva pensato che fossero stati i contadini delle successive vendemmie ad impiantarlo, ad utilizzarlo e lasciarlo poi con la legna pronta. Lo aveva preparato invece Peppino e sarà lui ad accenderlo per la prima volta.

Niente tavola apparecchiata, niente forchette e coltelli. Un solo piatto, molto grande, posto sul sedile in pietra, e due sgabelli in ferula per loro. Peppino aveva portato da casa anche una minuscola griglia: arrostiva le costolette sulla brace, dalla griglia le passava nel piatto, e le mangiavano insieme, ancora molto calde, con il rischio (per Frieda, più che per lui) di scottarsi mani e bocca. Nessun condimento: per insaporirle, solo un pizzico di sale.

Ne fecero una bella scorpacciata, la baronessa ed il mulattiere. Ed anche di questa idilliaca parentesi culinaria leggeremo ampiamente nel romanzo di Lawrence.

Come il mulattiere siciliano Peppino D'Allura, pure il guardacaccia inglese Oliver Mellors era un buongustaio di costolette d'agnello, le faceva cuocere al forno o le arrostiva sulla brace davanti alla sua capanna nel bosco; e ghiottissima, come e forse più della signora Lawrence, ne era la sua Lady Chatterley.

Situazioni, come i personaggi, perfettamente uguali. Nel romanzo, il profumo delle costolette d'agnello «si spandeva per il bosco, penetrava nella capanna, ne impregnava i muri»; e sulle colline di Castelmola si spandeva per il vigneto, penetrando dentro il casolare, nella vasca del palmento, anche nel fondo del tino.

Con grande gioia della signora Lawrence, ovviamente. Impregnando anche le pareti del tino, pensava lei, quel profumo di costolette d'agnello alla brace avrebbe spazzato via quello del mosto e convinto il padrone di casa ad anticipare i tempi della loro discesa per fare l'amore sul fondo.

Era rimasto a torso nudo, Peppino, con i soliti pantaloni lunghi arrotolati poco sopra la caviglia; mentre Frieda, per non restare troppo esposta al sole, forse anche per il timore di vedersi comparire davanti da un momento all'altro qualcuno dei parenti di Peppino, aveva preferito rimettersi il vestito.

Si stesero per bere ancora un bicchiere del buon vino di casa D'Allura, all'ombra del gigantesco ulivo.

«Hai fatto di me una donna felice, Peppino», non si stancava di ripetere la signora baronessa al suo mulattiere. «L'amore con te è una cosa stupenda, ogni volta una emozione nuova, sempre più forte», spiegava.

Gli si accostò per baciarlo, con tanto affetto, restando poi con la testa appoggiata sul suo petto.

«E adesso, cosa posso fare per te, per il tuo bel Peppinone? Sei stato cattivo con lui, non gli hai consentito nemmeno di uscire dalla sua cuccetta buia, poverino, di prendere un po' d'aria, di respirare ...».

Allungò una mano, la signora, per sbottonarglieli lei, i pantaloni, e farlo così uscire dalla cuccetta buia e respirare un po', il Peppinone. Lo sentì fremere mentre lo tirava fuori, poi «crescere e drizzarsi imperiosamente mentre lo accarezzava» (cito ancora le parole di Lawrence), ed a quel punto era impossibile fermarlo.

«Cosa facciamo, torniamo tra i gigli?», domandò la signora al suo mulattiere.

«No, entriamo dentro», rispose lui.

Per Frieda, era come toccare il cielo con un dito: si realizzava, finalmente, uno dei suoi due grandi sogni. Vasca o tino, importava poco. Entrarono dentro abbracciati e Peppino la condusse dritta in cima al palmento, accanto al muretto della vasca.

Era pronto davvero (come Frieda aveva intuito) il giaciglio, con la vecchia coperta ed il lenzuolo bianco prelevati dal casolare semidiroccato in collina. Si liberò subito del vestito, la signora baronessa, e scavalcò il muretto con un balzo da cerbiatta, per distendersi nuda sul giaciglio dei suoi sogni.

«Hai visto, è bellissimo quassù», disse al suo Peppino, a torso nudo ma ancora con i pantaloni.

All'interno della vasca, era sempre inebriante l'odore del mosto, anche se la finestrella in cima al palmento, insieme alla porta ed alla finestra in basso, era ormai aperta da più di tre ore.

Non perse più tempo, Peppino, a spogliarsi completamente. Scavalcò il muretto e si catapultò sul corpo nudo della sua donna con furia selvaggia e sensualità animalesca.

«Sì, così, scatenato e furente, il mio bellissimo e fortissimo torello», lo stimolava lei.

«Un uomo! La potenza della virilità era scesa su quel corpo, su quella donna che ardeva di passione e al suo uomo chiedeva soltanto di essere penetrata, posseduta, violentata ...», scriverà Lawrence nel romanzo. Ed ancora: «La signora sentì il pene ritto contro di sé, turgido e fiero, prepotente, autoritario, lo sentì poi entrare, ardente e selvaggio, sentì che la penetrava fino all'anima, con il fiero impeto della sua straordinaria potenza ...».

Piaceva alla "Lady Chatterley del vigneto", certo, quel ragazzone dalla straordinaria potenza virile e dalla sensualità animalesca. Ma le piaceva anche, tantissimo, l'amante capace di dolcezze, di tenerezze. Il mulattiere Peppino (come il guardacaccia Mellors del bosco inglese) sapeva essere l'uno e l'altro:

amante dolcissimo in un campo di gigli; torello scatenato, che «dominava, penetrava, violentava, con la sua ardente e penetrante sensualità», nella vasca di un palmento come sul giaciglio di un casolare semi-diroccato in collina o sul sentiero di un vigneto trasformato in pozzanghera.

Raggiunsero il godimento ancora una volta contemporaneamente, come ormai da tempo accadeva nei loro felicissimi rapporti. Per lui, era il primo della giornata. Per Frieda, il secondo in poche ore: "regalo" del Peppino amante dolcissimo, l'uno; del Peppino "torello", l'altro.

Esattamente come era avvenuto quasi tre mesi prima, al loro secondo incontro, tra i gigli di campo. Anche allora il bilancio della giornata era stato di due orgasmi a uno a favore della signora.

XII.

Il nuovo invito all'amica Frieda, da parte della "signora della collina", arriverà per l'11 novembre, san Martino, giorno in cui si spillava (e si spilla) dalle botti il primo vino dell'annata.

Un duplice invito: per la bevuta generale con i contadini nella piazzetta del mini-villaggio, a mezzogiorno, e per il pranzo in terrazza, riservato agli amici, subito dopo. Con il solito ordine di servizio al mulattiere Peppino per andare a prelevare la signora di mattina e riportarla a casa la sera.

Si presentò in via Fontana vecchia di buon mattino, il mulattiere Peppino. Il sole si era levato da poco, ma nessuno l'aveva ancora visto (e non lo si vedrà per l'intera giornata).

Un cielo malinconicamente imbronciato, come a Taormina e Castelmola non ricordavano di averlo mai visto (e subìto) nella settimana della famosa "estate di san Martino". Ed una fastidiosissima acquerugiola costringerà la signora a montare in sella al mulo per la prima volta con impermeabile ed ombrello. In collina, poi, la prima nebbia della stagione, davvero insolita in novembre.

Niente di proibitivo, comunque. Nessun paragone con il temporale che ai primi di agosto aveva bloccato la signora baronessa e il mulattiere oltre l'abitato di Castelmola. Non giustificabile, quindi, un eventuale ritardo. Ma Frieda non era il tipo che si ponesse tanti problemi. Per giustificare con l'amica l'eventuale ritardo, qualunque cosa lei avrebbe inventato: anche un temporale con fulmini, vento e rovesci da diluvio.

Non avrà bisogno di inventare nulla. Pressoché irrilevante il ritardo con cui arriverà nella residenza dell'amica, ampiamente giustificabile in una giornata di fitta pioggerella e nebbia. Avevano cambiato programma, Frieda e il mulattiere? Per niente. Alla sosta nel vigneto e nel palmento non avevano rinunciato affatto. Solo che con quel tempaccio, senza il caldo dell'estate, fuori non avevano nulla da fare, e dentro, quel poco che potevano fare, lo avevano fatto in meno di quanto pensassero.

Avevano trovato persino difficoltà a spogliarsi del tutto, per l'umidità più che per la temperatura (che comunque si era molto abbassata). Restar chiusi, lì dentro, anche "dopo"? Poco allettante, anche per due che facevano sesso con tanta passione. Meglio, a quel punto, riprendere subito la strada per la collina ed essere puntuali all'appuntamento, senza alcuna necessità di ricorrere a fantasiose invenzioni giustificative.

Una sosta di tre quarti d'ora, non di più.

«Andiamo su, nella vasca del palmento», propose Peppino. «Se ci stendiamo sulla coperta e ci copriamo con il lenzuolo», spiegò, «sentiremo meno l'umidità».

«No, non si può nudi», rispose lei.

Ed era la prima volta che, in tre mesi e mezzo, rispondeva "no" al suo Peppino. Aveva tolto soltanto l'impermeabile, la signora baronessa, non il vestito; mentre lui, con l'impermeabile, si era tolto pure i pantaloni, restando in mutande e camicia.

Si accostò alla scala a pioli piazzata sul fondo del tino, Frieda.

«Scendo giù, voglio vedere come si sta laggiù», disse al suo accompagnatore.

Scese da sola, interamente vestita, e lui restò ai bordi.

In un tino profondo meno di 3 metri, la chioma bionda della baronessa, che era alta non meno di un metro e 75, si fermò a non più di un metro e 10 dal bordo.

«C'è un bel calduccio, quaggiù», urlò dal fondo la signora, dopo pochi secondi.

Si tolse il vestito e vi si accovacciò sopra, completamente nuda, provando a restare per un po' in quella posizione. Il calduccio era certamente piacevole, ma ancora troppo inebriante l'odore del mosto: da escludere, quindi, che si potesse restare a lungo laggiù per fare l'amore.

Risalì una dozzina di pioli, la signora Frieda, fermandosi a metà scala, con la testa che superava di poco il bordo del tino.

«Avevi ragione tu, Peppino, non si può ...», gli disse.

Risalì altri tre o quattro pioli, ergendosi con gli splendidi seni oltre il bordo del tino, invitò il suo Peppino ad abbassarsi e gli agganciò la bocca con uno spettacolare e appassionatissimo bacio, con le stesse flessuose e spettacolari movenze da diva hollywoodiana del cinema muto con le quali, in quello stesso tino, aveva incantato un mese prima (allora imbracata, non nuda) la ciurma dei vendemmiatori.

«Voglio farti un bel regalo, Peppino», gli annunciò poi, ridiscendendo giù e invitando lui a seguirla. «No, non per stenderci sul fondo», lo rassicurò.

Completò la discesa, la signora baronessa, fino a toccare il fondo con i piedi, mentre l'uomo in camicia e mutande era ancora a metà scala. Le dava le spalle, ovviamente, mentre scendeva.

«Fèrmati lì, dove sei in questo momento, e vòltati», gli ordinò Frieda.

Lui eseguì, senza fiatare.

Adesso erano l'uno di fronte all'altra, a livelli diversi: lui in alto, a metà scala; lei in basso, con i piedi sul fondo. Al suo Peppino, la signora sfilò prima le mutande, lasciandolo con la sola camicia, poi anche la camicia.

Dalla porta e dalle finestre spalancate, con il cielo che diventava sempre più cupo, entrava pochissima luce, ma era sufficiente a mettere il giovane mulattiere (improvvisamente tornato timido e imbambolato come al primo incontro) in una situazione che lo imbarazzava non poco: con il pene che aveva già smesso di essere un "tenero virgulto" e non voleva proprio sentirne di star giù, e lui che tentava in tutti i modi di coprirlo con una mano, mentre con l'altra restava aggrappato alla scala (doveva restare aggrappato, almeno con una mano, per non cadere giù).

Gliela scostò la signora baronessa, la mano dal pene.

«Lascialo libero di muoversi, di fare quello che vuole, il mio caro, splendido e vigoroso Peppinone», gli intimò, con il più ammiccante e malizioso dei suoi ammalianti e irresistibili sorrisi.

Era già turgido e palpitante, il pene che tanto amava, proprio all'altezza del suo bellissimo volto. Lo sfiorò con una guancia, la signora, lo strofinò quindi con l'altra, per poi baciarlo, con la stessa dolcezza e tenerezza che gli aveva riservato altre volte nel vigneto, nel campo dei gigli, nel casolare semi-diroccato in collina. Ma questa volta non si fermò ai dolci e teneri baci di altre volte. Andò oltre, provocando nel suo uomo gli stessi fremiti di piacere che per ben due volte aveva provato lei nel campo di gigli.

Adesso anche Peppino (come Frieda in quel giardinetto tutto rosa, a ruoli invertiti) «aveva il fuoco addosso».

La signora, con le braccia attorno alle cosce di lui e le mani strette ai pioli, lo teneva saldamente agganciato alla scala, consentendogli di liberare entrambe le mani. E le sue mani, il giovane mulattiere le pose sulla testa di lei, prima accarezzandola con dolcezza, poi stringendola come in una morsa e assecondandone le spinte contro quel suo Peppinone sempre più turgido, palpitante, aggressivo e ormai prossimo alla resa.

E la resa arrivò, annunciata da sussulti rapidi e violenti, da gemiti che, attraverso la porta e le finestre aperte, se quel palmento si fosse trovato su una strada di passaggio anziché al centro di un vigneto, sarebbero stati in molti a sentire.

Era la prima volta che il ventiquattrenne mulattiere Peppino D'Allura di Castelmola provava le somme gioie di un atto erotico che ottant'anni dopo, con le disinvolte prestazioni della venticinquenne "stagista" americana Monica Lewinsky al cinquantaduenne Bill Clinton nello studio ovale della Casa Bianca, sarebbe stato elevato anche agli onori della storia, oltre che delle cronache rosa: il "sesso orale" ("rapporto improprio", secondo la definizione che ne darà poi davanti ai giudici l'impacciatissimo presidente degli Stati Uniti).

«Adesso voglio baciarti io», disse Peppino alla sua donna, scendendo gli ultimi pioli della scala fino a toccare con i piedi, anche lui, il fondo del tino. E le propose una inversione di ruoli, invitando lei a piazzarsi a metà scala.

«No, mi va bene così, per oggi», rispose la signora, felice ed appagata, come se quei gemiti e sussulti da orgasmo fossero stati suoi e non del suo uomo.

Niente applausi ed abbracci per il ritorno in superficie della signora baronessa. Ad attenderla, questa volta completamente nuda, non c'erano vendemmiatori assatanati che le si stringevano attorno. L'unico abbraccio fu quello, caldo e appassionato, del suo giovane mulattiere, riemerso anche lui nudo dal fondo, dopo di lei.

Appassionato e brevissimo il loro bacio sul bordo, perché (spiegherà Peppino agli amici) «laggiù si stava benissimo nudi, ma fuori, con l'umidità che c'era, avevamo entrambi assoluta necessità di coprirci».

Dovettero indossare ancora gli impermeabili ed aprire gli ombrelli, per tornare in strada. La pioggerella non dava tregua, minacciava anzi di infittirsi (come la nebbia) man mano che si saliva su per la collina.

Mancava poco a mezzogiorno e tutto intorno era cupo, come fosse già l'imbrunire. Delle grandi querce, dei secolari ulivi, attraverso la coltre di nebbia, si intravedevano soltanto le sagome.

Ed in quelle condizioni, è chiaro, la tradizionale bevuta all'aperto per la festa di san Martino non poteva non saltare. Tutto si svolse in pochi minuti, e con pochissima gente, all'interno di una cantina.

Come nella tradizione, a spillare il nuovo vino furono i contadini più anziani ed il primo ad assaggiarlo il marito siciliano della ricchissima signora inglese, esperto vignaiolo.

«Ottima annata», sentenziò il signor Pino. E tutti applaudirono, prima ancora di assaggiarlo. Applaudiranno, poco dopo, anche gli amici a pranzo (al chiuso, naturalmente, non in terrazza).

La signora Lawrence, a tavola senza il suo mulattiere, ne bevve un paio di bicchieri.

«Non sono una intenditrice, ma una buongustaia sì», spiegò ai padroni di casa, «e lo trovo gradevolissimo, anche se un po' troppo forte come gradazione».

L'amica Betty gliene darà due bottiglie da portare a casa, per il marito. Il giudizio dello scrittore Lawrence? «Un vino robusto, forte, generoso: ci sono dentro il sole di Sicilia e il fuoco dell'Etna».

XIII.

Non fu un bel novembre, a Taormina e dintorni, quello del 1920. E non soltanto per la fitta pioggerella e nebbia che avevano rovinato la festa di san Martino, per tradizione ultimo scampolo della estate siciliana.

Dopo quel tempaccio, durato un paio di giorni, arrivò il vento freddo di tramontana, che spazzò via d'un colpo nuvole e nebbia, ma fece abbassare notevolmente la temperatura. E nel casolare-palmento dei D'Allura, per la "Lady Chatterley del vigneto" ed il suo mulattiere, cominciarono le difficoltà.

C'era un freddo cane nella vasca della pigiatura, e Peppino dovette ingegnarsi a trovare ancora un paio di coperte ed un altro lenzuolo. Non riuscendo più a sottrarli alla madre, e non intendendo ricorrere ai soldini del salvadanaio per comprarli, si rivolse a due dei suoi tre cugini, quelli sui vent'anni, perché fossero loro (in tutta segretezza) a raccattarli in qualche angolo o ripostiglio di casa.

Riuscirono a trovarli, i due ragazzi, con grande gioia di Peppino e della signora, i quali poterono così disporre di una parvenza di letto matrimoniale, senza materasso ma con tanto di lenzuola e coperte, per i loro incontri d'amore.

Non riusciranno però i cari cugini, con grande amarezza di

Peppino (non della signora), a tenere la bocca chiusa. E della avventura del giovane mulattiere con la bella straniera non saranno soltanto loro a sapere nel contado.

Saprà anche la signora Betty: non attraverso indiscrezioni o la soffiata di qualcuno dei contadini suoi dipendenti, ma dalla bocca della stessa Frieda.

Sì, volle essere lei a raccontarle tutto, prima che fossero altri a farlo.

Peppino non voleva. E non soltanto per il riserbo che faceva parte della sua natura di contadino timido e introverso. C'era anche la paura per le ramanzine della "terribile" padrona, per i provvedimenti che avrebbe potuto adottare nei suoi confronti, non escluso il licenziamento.

«Conosco bene la mia padrona, mi dirà che ho tradito la sua fiducia», cercava di spiegare, preoccupatissimo, alla signora baronessa. «Lei ci tiene molto alle distanze tra servitori e padroni, tra servitori e ospiti. La prima cosa che ci dice, quando dobbiamo metterci al servizio dei suoi amici e delle sue amiche, è di essere educati, rispettosi, di stare sempre al nostro posto e di non prenderci mai delle confidenze, anche se loro si mostrano gentili con noi ... Mi punirà, forse mi licenzierà, perché non mi sono comportato bene con te ...».

«Con me ti sei comportato e ti comporti benissimo, Peppino», lo rassicurò la signora, abbracciandolo con tanto affetto, «e la tua padrona, stai tranquillo, non avrà nulla da rimproverarti. La conosco bene anch'io. È severa con i dipendenti, ma non è una donna cattiva e terribile, come molti di voi pensano, e vedrai che sui nostri rapporti non avrà nulla, proprio nulla da ridire. Continuerà a volerti bene, puoi esserne certo. Me lo ha sempre detto che sei un ragazzo d'oro, onesto, gran lavoratore, persona di cui fidarsi, una delle poche alle quali (mi ha detto testualmente) lascerebbe tranquillamente le chiavi di casa, e continuerà a darti la sua fiducia, come e più di prima, perché nulla è cambiato».

Si rasserenò in qualche modo, il buon Peppino. Aveva appena fatto l'amore nella vasca del palmento, per la prima volta su quella parvenza di letto matrimoniale senza materasso ma con lenzuola e coperte, e se ne stava rannicchiato accanto alla sua donna, con l'aria non più del torello dominatore, ma del cucciolo impaurito che cercava protezione.

«Se vuoi proprio informarla, la mia padrona, non potrò certo impedirtelo io», disse infine alla signora. Ed aggiunse, ormai rassegnato: «Ma forse è meglio così ... Se non glielo dici tu e lo sa poi da altri, è peggio ...».

«Gliene parlerò oggi stesso», tagliò corto Frieda.

Era stata invitata per il pranzo, la signora Lawrence, quando mancavano pochi giorni al Natale. L'amica Betty era sola a tavola: il figlio non era ancora arrivato da Londra per le vacanze ed il marito era sceso a Taormina, in sella al suo bellissimo cavallo baio, dicendo che sarebbe tornato per la cena.

Poterono così parlare a lungo, le due signore. E l'impressione di Frieda (lo confiderà poi a Peppino sulla strada del ritorno a Taormina) fu che l'amica Betty non fosse eccessivamente sorpresa dalla sua confidenza-rivelazione, che avesse già intuito tutto, con il suo straordinario fiuto.

Da che cosa, Frieda non seppe spiegarlo. Probabilmente era stata la stessa signora Lawrence a far nascere i primi sospetti, durante la vendemmia nei vigneti dell'amica Betty, con certi sguardi al suo giovane accompagnatore, sorrisi ed atteggiamenti un po' troppo affettuosi, confidenziali, di complicità, che andavano certamente al di là dei normali rapporti di lavoro o dipendenza tra servitore ed amica della padrona.

Non era difficile, in realtà, intuirlo. Bravissima nel muoversi e dare spettacolo con sinuose esibizioni da diva hollywoodiana del cinema muto, la signora baronessa non lo era altrettanto nel fingere e mascherare i propri sentimenti.

Ma li voleva davvero mascherare e nascondere, i suoi sentimenti? L'impressione che se ne ricavava, osservando i suoi comportamenti in pubblico, era che facesse poco o nulla per nasconderli, i veri rapporti con quel «meraviglioso ragazzo» (parole sue) che andava su e giù per le campagne di Taormina e Castelmola con lei in sella al mulo; insomma, che non le importasse nulla di quel che pensava e diceva o avrebbe potuto pensare e dire la gente.

E comunque, che fosse stata l'amica a intuire tutto o qualcuno dei dipendenti a darle la soffiata prima della comunicazione ufficiale di Frieda, non cambiava nulla.

La signora Betty rispose subito con tanta comprensione, solidarietà, affetto. Una sensibilità e generosità davvero sorprendenti in una donna che molti (e non soltanto Peppino) consideravano una grande egoista, arida di sentimenti, moralista superbigotta, acida, intrattabile.

Non esitò un solo istante, la "signora della collina", a mettere a disposizione dell'amica e del suo mulattiere (subito, per l'inverno che cominciava proprio in quei giorni ed era già molto freddo) una delle deliziose e confortevoli casette destinate agli ospiti. Sì, pure del mulattiere, anche se ufficialmente l'appartamento era per Frieda e il marito. Sarà lei, la "terribile e superbigotta" padrona del mini-villaggio, a dare per prima la sua benedizione ai due "colombi".

Accadde tra Natale e Capodanno, quando anche sulle colline sopra Castelmola arrivò la neve, che i taorminesi vedono per almeno cinque mesi l'anno sull'Etna (il vulcano più alto d'Europa, con i suoi 3.261 metri ufficiali, soggetti naturalmente a variazioni ad ogni eruzione dal cratere centrale).

L'appartamentino (due stanze, cucina e stanzino per i servizi con tinozza per il bagno, distante un centinaio di metri dalla villa dei padroni) era riscaldato da due stufette a legna che Peppino conosceva bene, perché era lui a portare la legna ed alimentarle, quando c'erano ospiti.

Erano già accese, quando la signora Lawrence vi mise piede per la prima volta, tre giorni dopo il Natale. Peppino le aveva accese di buon mattino, prima di scendere a Taormina con il mulo. In cima alla collina era già visibile la prima neve della stagione, che sarebbe poi caduta abbondantemente a Capodanno.

«Qui è tutto un incanto, un paesaggio da favola, anche queste casette sono da favola», disse Frieda all'amica che aveva voluto accompagnarla personalmente nell'appartamentino a lei destinato.

Incontrò più tardi altri amici della padrona di casa che occupavano gli appartamenti vicini (non quelli che aveva conosciuto alla vendemmia): una coppia di tedeschi, abbastanza giovani, ed una di inglesi, piuttosto anziani.

«Oggi sono salita da sola e stasera tornerò a casa», spiegò la signora Lawrence agli altri ospiti, «ma la notte del 31 dicembre e nei primi giorni del nuovo anno sarò qui con mio marito».

«Oh, sì, molto bene, saremo felicissimi di conoscere personalmente il grande scrittore David Herbert Lawrence», risposero in coro inglesi e tedeschi.

Non ci metterà mai piede, in quel delizioso e confortevole appartamentino, il trentacinquenne scrittore: lui, nelle condizioni di salute in cui si trovava, non amava la montagna, tanto meno la neve, come non amava i mesi particolarmente caldi e afosi dell'estate.

Al posto suo, nel letto matrimoniale accanto a Frieda, si infilerà spesso (prima soltanto di giorno, poi anche la notte) il mulattiere Peppino D'Allura: di soppiatto, facendo di tutto per non essere visto dalla servitù, dai contadini, dagli stesi suoi familiari.

Lui, anche se la padrona sapeva ormai tutto e molti nel villaggio sapevano, sperava ancora (e si illudeva) di poter mantenere quell'assurdo e ormai impossibile segreto, persino con i propri genitori e fratelli.

Avvenivano soprattutto la sera, i suoi acquattamenti attorno alla casetta, in attesa dell'attimo buono per entrare. Di giorno, aveva meno bisogno di ricorrere a sotterfugi, avendo la possibilità di presentarsi alla porta con la cesta della legna in spalla e quindi con una motivazione ufficiale, quella di dover alimentare le stufe.

Pranzò con l'amica e gli altri ospiti, la signora Lawrence. E, prima di riprendere la strada per Taormina, volle godersi per un po' il calduccio del suo confortevole appartamentino.

Non restò da sola. La raggiunse da lì a poco il suo Peppino, con la solita cesta di legna in spalla. Si baciarono con tanta passione, si denudarono senza perder tempo e fecero l'amore per la prima volta su un letto vero.

Lui uscì dopo circa mezz'ora, per andare nella vicina stalla e ritornare subito dopo.

La signora baronessa era già pronta davanti all'uscio, sotto il patio. Peppino l'aiutò, come al solito, a montare in sella, e ripresero insieme la strada della discesa verso Taormina.

In inverno, faceva buio molto presto. Arrivarono in via Fontana vecchia poco dopo le 18 ed era già buio fitto da quasi un'ora. In estate, alle 18, c'era il sole, e loro erano ancora nel campo dei gigli a fare l'amore.

XIV.

Il nuovo appuntamento con Peppino in via Fontana vecchia era per la mattina del 31 dicembre. «Spero di convincere mio marito a venire con noi, per passare lassù l'ultima notte dell'anno ed un paio di giorni del nuovo anno», gli aveva detto Frieda la sera del 28.

L'aveva annunciata anche agli ospiti tedeschi e inglesi dei due appartamentini vicini, la presenza del marito (non all'amica Betty che, conoscendo bene lo scrittore Lawrence, non le avrebbe mai creduto). A Peppino aveva pure detto che, per non far affaticare eccessivamente il suo David, era pronta ad alternarsi con lui in sella al mulo, o addirittura, se lui preferiva, a cedergli la sella-seggiola per l'intero tragitto.

Si presentò da sola all'appuntamento, la signora baronessa, per annunziare al suo mulattiere non soltanto che il marito non si sarebbe mosso da casa, ma che non si sarebbe mossa neppure lei.

«Non mi va di lasciarlo solo l'ultima sera dell'anno», gli spiegò. «Ma siamo già d'accordo che verrò su domattina, primo giorno dell'anno, e tornerò a casa il 2 sera. Resterà quindi da solo una notte. E mi ha assicurato che non sarà un dramma per lui, che non dovrò assolutamente preoccuparmi. C'è la cameriera che gli prepara tutto, sia per il pranzo che per la cena».

Tornò la mattina di Capodanno, il mulattiere Peppino. E con la signora, in via Fontana vecchia, trovò pure il marito, che tornava con la brocca dell'acqua riempita alla fontana dei Cappuccini (valeva anche per i giorni festivi, naturalmente, quel rito). Era sereno, lo scrittore, di buon umore, disponibile al dialogo.

«Non è buona come il vino dei vostri vigneti, ma è acqua di fonte e fa bene alla salute», disse al giovane mulattiere mostrandogli la brocca.

Poi, con la curiosità dello scrittore interessato alle tradizioni ed usanze dei paesi che visita: «Cosa avete fatto, alla mezzanotte, sulle colline di Castelmola?».

«Siamo usciti fuori con le fiaccole, per fare un giro sui campi coperti di neve, ma neve quest'anno non ce n'era», rispose Peppino.

«E per il pranzo di fine anno, cosa c'era a tavola?».

«Verdura selvatica fritta con il pane, frittelle di Natale con le acciughe (che si fanno anche per la notte di Capodanno), salsiccia alla brace, fichi secchi con le noci e le mandorle, torta di mele».

«Ed oggi, per il pranzo di Capodanno?».

Sempre molto preciso, Peppino, nella descrizione del menu: «Maccheroni fatti in casa dalle nostre donne, con il sugo del maiale e pezzetti di salsiccia, costolette d'agnello al forno e arrostite sulla brace, con contorni di patate al forno e finocchi crudi, torrone di mandorle con il miele, frutta».

«Come le preferisci tu, al forno o alla brace, le costolette d'agnello?».

«Alla brace, come le faccio io, non troppo cotte ... Se sono troppo cotte o addirittura bruciacchiate, perdono il gusto ... E senza condimento, niente olio, niente origano: solo un pizzico di sale», la dettagliatissima risposta dell'esperto Peppino.

«Oh, sì, buone», intervenne Frieda. «Le ho mangiate anch'io, gustose davvero, profumatissime ... Con il profumo che si spande per la campagna, impregna tutto, i capelli, i vestiti che hai addosso ...».

Si fermò lì, la signora baronessa. Al marito non ritenne di dover raccontare (in quella occasione) dove ed in compagnia di chi le aveva mangiate; ma era fin troppo chiaro che lo scrittore sapeva tutto, anche del favoloso picnic nel vigneto con degustazione di costolette alla brace, fra un "tripudio dei sensi" e l'altro.

Ripresero la strada per la collina, la signora ed il suo mulattiere.

Era una mattinata fredda ma non piovosa, quella del Capodanno 1921. Frieda pregustava già le costolette d'agnello alla brace, certamente, ma anche, se non soprattutto, il lungo pomeriggio d'amore ancora su un letto vero, forse pure la nottata, al calduccio di un confortevole appartamentino in collina.

Sperava e invocava anche la neve, per completare il quadro dei suoi sogni. E la neve arrivò. La trovò strada facendo, appena oltrepassato l'abitato di Castelmola. Erano già bianchi i tetti ed i cannicci delle case dei contadini, in parte anche gli alberi, non ancora la campagna. Ma lassù, attorno al mini-villaggio in collina, il manto bianco era uniforme.

Davvero da favola sotto la neve, in un paesaggio che evocava mondi fantasiosi cari a piccini e grandi, il piccolo villaggio che la signora Betty aveva costruito per sé, per la famiglia e per gli amici. Con le casette bianche tutte uguali, così perfettamente squadrate da sembrare quelle finte di un grande presepe. C'erano i comignoli che fumavano su ogni tetto, ed era quello, per chi arrivava da fuori, l'unico segno di vita reale in un paesaggio irreale: da favola, appunto.

Era quasi mezzogiorno, quando arrivarono lassù, e Peppino

non poté fermarsi a lungo. Entrò nel piccolo appartamento soltanto per portare dentro il borsone della signora baronessa con gli indumenti e gli oggetti personali e mettere altra legna nelle stufe. Un abbraccio e via, di fretta. Aveva un compito immediato da svolgere: preparare il fuoco per arrostire le costolette d'agnello sotto i cannicci, in una delle terrazze del grande appartamento della padrona, accanto alla cucina. Felicissima, Frieda: il suo Peppino non poteva sedersi con lei alla tavola dei signori, ma lo avrebbe sentito ugualmente vicino.

Otto i commensali: i padroni di casa, il figlio di primo letto della signora, Frieda e le due coppie di ospiti. Mangiarono, bevvero e discussero molto (in inglese e tedesco, niente italiano), passando poi dalla camera da pranzo al salotto. E gli ospiti, pur disponendo dei loro confortevoli e ben riscaldati appartamentini, da lì non si mossero fino all'imbrunire. La neve veniva giù sempre più fitta ed era uno spettacolo osservarla dalle grandi vetrate aperte sul vuoto.

Frieda era l'unica a disagio, in quella comitiva di distinti e distesissimi signori. Pensava al suo Peppino che a quell'ora, con il pretesto di dover controllare il buon funzionamento delle stufe, era certamente entrato almeno un paio di volte nell'appartamentino vuoto, dopo aver bussato educatamente alla porta.

Non avevano un appuntamento preciso per il pomeriggio, essendo più che prevedibile che a tavola si sarebbe fatto tardi; ma la speranza di potersi stendere sul suo comodissimo letto matrimoniale, per un riposino pomeridiano o per altro, la signora non l'aveva certo abbandonata.

Riuscì a liberarsi dall'assillante compagnia dei padroni di casa e dei loro ospiti soltanto quando era già buio. Troppo tardi, sia per il riposino che per altro, anche perché incombeva già l'appuntamento per la cena, fissata per le 19,30.

Ebbe appena il tempo di vederlo dopo cena per qualche minuto, il suo Peppino, venuto ancora una volta per rifornire di legna le stufe.

«Verrai a trovarmi più tardi, vero? ...», gli domandò.

«Certo che verrò, quando in giro non ci sarà più nessuno», rispose lui. Poi, timidamente, con un abbozzo di sorriso: «Se ti fa piacere, potremo passare insieme anche la notte: ai miei genitori ho detto che andrò a giocare a carte dai miei cugini e resterò poi a dormire a casa loro».

«Oh sì, bravissimo, meraviglioso il mio Peppino: sarà la nostra prima notte d'amore», esplose l'entusiasmo della signora.

Arrivò poco dopo le 22, il ragazzo, quando Frieda era già a letto. C'era un bel calduccio, nel piccolo appartamento, e l'addetto alle stufe non ritenne di doverle più alimentare per la notte.

«Le riaccenderò all'alba, prima di andarmene», spiegò alla signora. E restò lì a preparare la legna, passando da una stufa all'altra, da una stanza all'altra, senza dire più una parola. E quando finì di preparare legna e stufe, continuò a vagare con il lume a petrolio in mano, senza un perché.

La signora lo sentì aprire e chiudere i cassetti in cucina, uno dopo l'altro, passare poi nello stanzino dei servizi igienici. Pensava che fosse andato lì per lavarsi le mani e spogliarsi. Ed invece no, lo rivide passare da una stanza all'altra ancora vestito, senza un sorriso.

L'amore con la signora baronessa, in quella stanza e su quel letto, lo aveva già fatto, in un pomeriggio tra Natale e Capodanno, con l'entusiasmo, la passione e la sicurezza che gli erano ormai abituali. Che cosa poteva essere successo per farlo tornare, improvvisamente ed inaspettatamente, il ragazzo timido e impacciato del primo incontro nel vigneto?

Non gli domandò, la signora, se c'era qualcosa che non andava, ma intuì che a bloccarlo, d'un colpo, era il cosiddetto "shock della prima notte": non sapeva proprio da dove e come cominciare, il venticinquenne Peppino D'Allura, la sua prima notte d'amore.

Capì subito, Frieda, che era il momento di intervenire, come in agosto nel vigneto, sotto la pioggia. E intervenne, alla sua maniera: si alzò dal letto e lo spogliò lei, come allora, il suo "torello".

Bastarono pochi muniti, al "torello" Peppino, per capire che l'amore di una notte non era diverso da quello di mezzogiorno o di un pomeriggio, nel comodo letto di una confortevole camera matrimoniale come nella vasca di un palmento, in un campo di gigli o in un casolare semi-diroccato in collina.

Sarà una "notte meravigliosa" per entrambi, tra camera da letto e cucina, per il fuori-programma degli spaghetti con aglio, olio e peperoncino, ottimamente cucinati dal mulattiere-cuoco intorno alle 2.

Ed il buon Peppino prenderà coraggio, quella notte, per chiedere alla signora baronessa quello che non aveva mai osato chiederle, in cinque mesi di follie d'amore: quali fossero i suoi rapporti con il marito e, soprattutto, se lui fosse venuto a conoscenza della loro storia.

«Gli voglio un gran bene, dormiamo nello stesso letto, ma è da tempo che non facciamo l'amore», rispose Frieda. «È seriamente ammalato, il mio carissimo David, e non riesce più ad avere rapporti sessuali», spiegò.

«E di noi, cosa pensa? Ha capito o saputo qualcosa?», insisteva Peppino.

«Gli ho detto io di noi, perché non avrei dovuto dirglielo ...», la immediata e sorprendente (per il buon Peppino) risposta di Frieda. «Anche lui mi vuole un gran bene, e proprio per questo, perché mi vuole bene sul serio come io voglio bene a lui, non pretende e non pretenderà mai che io rinunci al sesso».

Non aggiunse altro, la signora Lawrence, non ritenne di dover aggiungere altro. Ma ad una nuova domanda (non proprio discreta) di Peppino, sui suoi rapporti con il marito prima della malattia, non poté sottrarsi.

Erano due, in realtà, le domande: «Ti è mai capitato, quando lui stava bene, di tradirlo? ... E se andavi con un altro, a lui lo dicevi? ...».

Una sola la risposta della signora Lawrence, fin troppo chiara: «Non gli ho mai detto nulla».

Più che legittima, a quel punto, la insistente voglia di sapere (e di capire) del ragazzo: «Perché allora no, non gli dicevi nulla, e adesso sì, glielo dici con chi vai a letto? ...».

«Non ci creavamo dei problemi, allora: anche David, quando era sano, aveva le sue corteggiatrici, e non stavamo lì a scambiarci informazioni sui nostri incontri fuori dal letto matrimoniale», gli spiegò la signora. «Ma non dirgli nulla adesso, nelle condizioni di salute in cui si trova, sarebbe una vigliaccata da parte mia; ed una vigliaccata ad una persona che ti vuole bene, ed alla quale tu vuoi bene, non puoi farla».

Seppe così, il mulattiere Peppino D'Allura, di essere nel "taccuino" dello scrittore Lawrence come amante (uno degli amanti) della moglie. Non poteva sospettare allora il ragazzo che, oltre a dire al marito con chi andava a letto, la signora Frieda avesse deciso di raccontargli pure, per filo e per segno, quello che faceva.

Lo scoprirà otto anni dopo, il buon Peppino, quando uscirà il romanzo *L'amante di Lady Chatterley*.

XV.

I comignoli sul tetto bianco della casetta occupata dalla signora Lawrence, la mattina del 2 gennaio, ripresero a fumare quando mancavano pochi minuti alle 6.

Peppino, puntualissimo come un orologio svizzero senza aver mai avuto un orologio al polso o nel taschino (glielo regalerà Frieda il 19 marzo, da polso, per il suo onomastico), si era alzato all'alba per accendere le due stufette.

La signora, a quell'ora, dormiva profondamente, e lui fece di tutto per non disturbarla. Uscì di casa (di soppiatto, come vi era entrato nella tarda serata) senza darle né un bacio né un salutino.

Ed alle 8 era di nuovo lì. Non con la solita cesta di legna in spalla, ma con il vassoio della colazione tra le mani.

La padrona, anziché destinare una delle sue cameriere al servizio della signora Lawrence, aveva sorpreso tutti dando l'incarico proprio a lui, al mulattiere Peppino D'Allura, e la cosa non poteva non far nascere sospetti e pettegolezzi tra la servitù. Che ci faceva un mulattiere al servizio domestico di una avvenente signora?

Lo aveva convocato di buon mattino, la padrona: alle 7, l'ora in cui la signora Betty era solita parlare con i suoi dipendenti dei problemi di lavoro.

«Peppino, mi piacerebbe che fossi tu ad occuparti della signora baronessa, e non soltanto per accompagnarla con il mulo», gli disse con un tono che, forse per la prima volta nei suoi rapporti con la servitù, non sapeva di ordine.

«Mi piacerebbe che, nei giorni che passa con noi, fossi tu ad occuparti del suo appartamento e di tutto quello di cui lei ha bisogno. Ieri hai portato la legna, hai acceso e controllato fino a tarda sera le stufe. Dovresti prepararle anche la colazione, la mattina, non farle mai mancare il caffè nell'armadietto in cucina e la cesta di frutta sul tavolo, tirar su l'acqua dal pozzo per riscaldarla e fargliela trovare ben calda nella tinozza (la mattina o la sera, quando desidera lei fare il bagno), e tenere in ordine la cucina, i servizi igienici, sostituire la biancheria sporca. Di rifare il letto, no, non devi occuparti. La signora mi ha detto che a casa sua la cameriera si occupa di tutto tranne che di rifarle il letto, perché lei nel suo letto non vuole che ci metta le mani nessuno della servitù; e dunque se lo rifarà anche qui ...».

Un servitore a tempo pieno, insomma, tranne per il letto (sul quale lui, come la signora padrona ormai sapeva, si esibiva non da servitore). Peppino ascoltava il lungo e dettagliato elenco delle incombenze che gli venivano affidate ed aspettava soltanto che la signora Betty concludesse la sua esposizione per correre dalla baronessa.

La incombenza che più lo stimolava non era tanto la colazione da preparare (come primo incarico di lavoro) alla sua donna, quanto la tinozza da riempire con l'acqua calda per farle fare il bagno.

Si vedeva già con la spugna in mano accanto a lei, nuda nella tinozza, impegnatissimo (per lavoro) a tergerle le spalle, i fianchi, con un colpetto, se necessario, anche sul davanti, ai seni. Pensava a quanto avrebbero pagato i suoi amici per fare un lavoro del genere: lui poteva (e doveva davvero) ritenersi un ragazzo fortunato.

Non finiva più di parlare, la signora padrona.

«Ho pensato a te, Peppino», gli spiegava, «per tanti motivi. Tu conosci già la signora baronessa, le sue abitudini, il suo semplicissimo modo di vivere, ed hai la sua stima, la sua immensa fiducia. Mi ha sempre parlato di te come di un ragazzo serio, educato, rispettoso. È una mia grande amica la signora, tu lo sai, e voglio vederla molto spesso quassù, con noi, sempre allegra, felice ...».

Nessun accenno alla loro love story, da parte della signora Betty, ma la promozione sul campo del giovane mulattiere al rango di "servitore personale" della baronessa non poteva non avere un significato preciso. Era come dirgli: «Stai con lei, Peppino, di giorno e (se vuoi) anche di notte, godetevi il vostro splendido nido d'amore, e vivete felici e contenti».

Erano le 7,25 quando la signora padrona completò il suo fervido sermoncino, appassionato e stimolante inno all'amore e al "voletevi bene". Alle 8 in punto, Peppino era già davanti alla porta dell'appartamentino della signora, con il vassoio della colazione in mano (preparata, per questa prima volta, dalla cameriera personale della padrona); alle 8,10, con il secchio davanti al pozzo; alle 8,15 in cucina con la grossa pentola dell'acqua sul fuoco; ed alle 8,45 nello stanzino dei servizi igienici, davanti alla tinozza piena d'acqua calda.

E la signora? Lei era ancora a letto e non dava segni di volersi svegliare.

Andò lui a svegliarla, senza esitazione, sapendo benissimo (lo aveva appreso dai suoi discorsi, non avendo avuto fino ad allora rapporti di convivenza) che la signora Frieda non amava far tardi a letto la mattina, che alle prime luci dell'alba era già in piedi ed a Taormina precedeva spesso il marito che a quell'ora andava a riempire la brocca dell'acqua alla fontana dei Cappuccini.

«La tinozza è pronta per il bagno», le sussurrò all'orecchio il mulattiere-servitore, dandole anche un bacetto sulla guancia.

Si destò a fatica, la signora baronessa, senza avere inteso una sola parola di quello che il suo Peppino le aveva detto. Gli diede anche lei un bacetto sulla guancia, senza molta convinzione, e dal letto non si mosse.

«Ti ho preparato la tinozza con l'acqua calda, se vuoi fare il bagno ...», insisteva il devotissimo servitore.

E quando la signora si svegliò del tutto, comprendendo finalmente quel che Peppino le diceva, non poté trattenere un grido che era insieme una esplosione di gioia e di incredulità.

«Cosaaaaaa?! ... Anche la tinozza con l'acqua calda per il bagno, il mio carissimo Peppino ha preparato alla sua donna? ...». E lo coprì di baci, il suo Peppino, questa volta con convinzione e furiosa passione, dopo averlo steso sul letto con una mossa di judo.

Era ancora calda, l'acqua nella tinozza, anche se erano passati già parecchi minuti.

«Spògliati anche tu», ordinò la signora al servitore-amante quando entrarono entrambi nel ristretto stanzino dei servizi, spiegando che voleva farlo insieme a lui, il bagno. Ed era chiaramente impossibile farlo in due, in una tinozza di un metro o poco più di diametro, nella quale a stento c'entrava una persona di media corporatura.

Si rese subito conto di averla sparata grossa, la baronessa Frieda, e non perse tempo a modificare il programma: «Anzi, lo faccio prima io e tu mi lavi le spalle, poi entri tu nella tinozza e te le lavo io. D'accordo?»

Certo che era d'accordo, l'ardente Peppino. L'aveva già pregustata, una scena del genere, mentre ascoltava il lungo elenco delle incombenze che la padrona aveva deciso di affidargli. E la realtà che si prospettava adesso era ancora più stimolante di quella che il mulattiere-servitore aveva immaginato: non più lui vestito che lavava lei nuda nella tinozza, ma lui nudo che lavava lei nuda, e poi lei nuda che lavava lui nudo. Roba da film "hard", come si direbbe oggi.

Non finirà lì, naturalmente, quella favolosa ed eccitante "alternanza in tinozza": nella stanza accanto c'era, ancora disfatto da una notte di "furiose passioni", l'allettantissimo letto matrimoniale, pronto ad accogliere di nuovo i loro "corpi fumanti", a scatenare ed esaltare la loro irresistibile ed irrefrenabile voglia d'amore.

Il talamo poi, con grande sorpresa di Peppino, la signora baronessa non lo rifarà da sola, come a casa sua, ma insieme a lui.

Perché insieme? «Mi spiegò che era stata abituata da ragazza a farselo da sé, il letto», racconterà Peppino ai compagni di osteria, «e quella vecchia abitudine (per lei molto bella) l'aveva mantenuta da grande, anche da sposata. Diceva che il letto, rifacendoselo lei, lo sentiva più suo. Ed anch'io, il letto del nostro amore, lo dovevo sentire mio, per questo dovevamo rifarlo insieme».

Parole della signora baronessa, che il buon Peppino si limitava a riferire, senza pretendere di poter sempre capire, da contadino incolto, la profondità e la sottigliezza di certi pensieri e discorsi.

Fecero colazione dopo le 10: insieme, naturalmente, anche se Peppino, appena sveglio, aveva già preso il mezzo litro di latte (appena munto nella stalla, da lui stesso, alla mucca preferita) che era la sua colazione abituale.

Il caffè ed il latte, che il neo-servitore aveva portato caldi nel vassoio alle 8, erano ormai freddi: li riscaldò per sé, Peppino, perché la signora (anche questa una scoperta del primo giorno di convivenza) preferiva prendere il tè, la mattina. C'era anche una bustina di tè, per fortuna, nel vassoio: gli bastò riscaldare un po' d'acqua per servirlo alla signora. Era freddo anche il pane abbrustolito sul quale spalmare burro e marmellata: lo riabbrustolì. Anche in cucina (non soltanto a letto) si muoveva bene, il mulattiere Peppino.

Mangiarono avidamente, l'una e l'altro, dopo la scorpacciata di sesso della notte e della mattinata. C'era anche la ricotta fresca che Peppino aveva portato da casa sua in una piccola fascera di legno (omaggio del padre alla signora baronessa): Frieda divorò pure quella.

«Non so se a pranzo riuscirò ancora a mangiare, ma questa ricotta è troppo buona e non posso lasciarla qui», si giustificò con il suo Peppino.

Ci mise sopra pure un paio di fichi secchi con le noci (schiacciate da lui, con la sola forza delle sue mani), ed una arancia, sbucciata sempre da lui, con premurosa attenzione.

Una prima colazione in pieno idillio, come mai a Peppino era capitato di farne. A vederli insieme così innamorati, la padrona di casa ne sarebbe stata certamente felice. Ne era convinto (adesso, non prima) anche Peppino, dopo averla ascoltata in quel suo appassionato inno all'amore e al "voletevi bene".

Uscirono dal loro "nido" alle 11 o poco dopo, i due "colombi". La giornata era fredda, ma splendida, luminosissima. Era tornato il sole, dopo l'abbondante nevicata del primo giorno dell'anno, e la neve era scomparsa dagli alberi già nella mattinata. Restava sui prati, sulle aiuole fiorite e sui tetti di quel meraviglioso mini-villaggio da favola.

Il vulcano Etna, imbiancato fino alle pendici più basse, esibiva un altissimo pennacchio bianco che si apriva poi in un gigantesco fungo, sullo sfondo di un cielo azzurro e di un mare azzurrissimo. Mare e neve, il verde dei giardini, le stelline bianco-rosa degli asfodeli che stavano già per schiudersi, molto prima dei fiori bianchi del mandorlo che sbocciano invece a fine gennaio o ai primi di febbraio: i colori ed i paesaggi festosi dell'inverno in Sicilia, sui quali Taormina ha edificato le sue fortune turistiche.

Disteso e sereno, il mulattiere Peppino. E non soltanto perché la sua storia d'amore con la signora baronessa andava a gonfie vele. Era stato l'incontro del mattino con la padrona inglese Betty a dargli serenità.

Fino al giorno prima, per entrare nell'appartamento della avvenente ospite senza alimentare pettegolezzi, doveva presentarsi con la cesta della legna in spalla e fermarsi lì dentro il tempo necessario per accendere ed alimentare le stufe; oppure, come aveva fatto anche a tarda sera, introdursi nell'appartamento di soppiatto, dopo essersi accertato che non ci fosse nessuno a spiarlo.

Adesso, invece, con l'incarico di "servitore ufficiale" della signora, poteva entrare e uscire come e quando voleva, anche senza la cesta della legna in spalla, senza dare adito (così diceva lui) a sospetti e pettegolezzi.

Ma serviva davvero, quell'incarico, ad allontanare sospetti e pettegolezzi? O era soltanto una illusione da stolto la ostinazione con cui il giovane mulattiere tentava di nascondere quello che un po' tutti ormai sapevano? Sorrideva, la signora baronessa, quando lo vedeva intestardirsi nella difesa ad oltranza di «un segreto che non era più segreto per nessuno» (parole di Frieda), una sorta di "segreto di Pulcinella", come diciamo oggi.

«Non capisco cosa tu abbia da nascondere, cosa possano avere da nascondere due che si vogliono bene, che hanno tanta voglia di incontrarsi e fare l'amore», non si stancava di ripetergli la signora. «Anche con i tuoi genitori, con i tuoi fratelli, zii, non ci facciamo una bella figura. Perché nasconderci con persone che ti vogliono bene e vogliono bene, tantissimo, anche a me? ...».

Non sapeva proprio cosa rispondere, l'innamorato Peppino. E tuttavia non mollava da quella sua ostinazione, un po' troppo fanciullesca ed assolutamente senza senso.

Pranzò ancora con l'amica, i suoi familiari e gli altri ospiti, la signora baronessa. Senza il suo Peppino, il quale, non ritenendo la signora Betty di poterlo ammettere al tavolo dei padroni di casa, era comunque lì accanto, in cucina, promosso al rango di cuoco: seconda promozione sul campo, in poco più di mezza giornata.

Non c'erano le costolette d'agnello da arrostire sulla brace, ma un "pescestocco a ghiotta" da preparare, con salsa di pomodoro, patate, capperi, olive, uva passa. Un piatto che era stato ed era un po' il "cavallo di battaglia" del mulattiere-dilettante cuoco Peppino D'Allura. Risultato eccellente, anche questa volta. Ed alla fine sarà chiamato in sala da pranzo, il giovanotto, complimentato e applaudito da tutti per le sue straordinarie virtù culinarie.

Ebbe una visita inaspettata nel suo appartamentino, la signora baronessa, poco prima di rimontare in sella al mulo per tornare a Taormina: quella della madre di Peppino.

«Volevo solo salutarla, abbracciarla», le disse la signora Immacolata, «e augurarle tanta felicità per il nuovo anno». Ma trovò anche il modo di domandarle se i maccheroni fatti in casa che aveva mangiato per Capodanno con la signora Betty le erano piaciuti.

«Moltissimo», rispose la signora baronessa.

«Li ho fatti io, con le mie mani», tenne a dirle la madre di Peppino, orgogliosa della sua bravura.

«Bravissima, erano davvero squisiti», esclamò Frieda. Poi, con l'abituale semplicità e l'affettuosa confidenza che riusciva mirabilmente a creare nei suoi rapporti con la gente semplice: «Quando li preparerà di nuovo, signora Immacolata?».

«Per la prossima vendemmia», rispose la madre di Peppino. Ed aggiunse: «Ci sarà anche lei, alla nostra prossima vendemmia, vero?».

«Certo che ci sarò», la affettuosa e ferma risposta della signora Lawrence.

Aveva ancora un regalo per Frieda, la signora D'Allura: un barattolo di miele. «È quello delle nostre api, buonissimo, va bene la mattina per colazione, al posto della marmellata», le spiegò.

Sapeva già, la signora D'Allura, della love story di Peppino con la baronessa? Ufficialmente no, non ne sapeva nulla. Indiscrezioni alle sue orecchie ne erano certamente arrivate: forse da parte di qualcuno dei cognati o delle loro mogli, che le avrebbero avute dai figli (quelli che a Peppino avevano procurato lenzuolo e coperte per il palmento).

Ma lei, con il fiuto della madre, qualcosa aveva intuito già nel vigneto, due mesi e mezzo prima. E non aveva fatto nulla per nascondere la sua piena approvazione. Felice non meno del figlio, certo, e grata alla signora baronessa per la simpatia e l'affetto che dimostrava al suo Peppino.

Era quasi buio quando Frieda ed il suo adorato mulattiere lasciarono il mini-villaggio. Nessuna preoccupazione a spostarsi con le tenebre: Peppino si era attrezzato anche per i viaggi notturni, facendo acquistare alla padrona uno speciale lume a petrolio, protetto da asticelle metalliche, di quelli che i carrettieri siciliani tenevano costantemente agganciati e penzolanti sotto il carretto, per accenderli quando erano costretti a spostarsi di notte. Lui, non potendolo agganciare alla sella e farlo penzolare sotto la pancia del mulo, lo teneva in mano.

In via Fontana vecchia arrivarono tardi, dopo le 20. E stranamente trovarono la pioggia (riprenderà a piovere anche in collina, quella sera, dopo una bellissima giornata di sole).

Si lasciarono con un forte abbraccio, nel solito angolo appartato della stradetta, ed una notizia non bella per Peppino, che la signora baronessa si era decisa a dargli solo all'ultimo momento.

«Domani dovrò ripartire con mio marito», gli annunziò quando stava per entrare in casa. «Partiremo da Palermo per la Sardegna, con la nave. A Taormina ritorneremo, penso, tra una decina di giorni».

Era uscito sulla soglia il marito della signora ed aveva ascoltato le ultime parole di Frieda.

«Sì, fra una decina di giorni", confermò lo scrittore Lawrence, e porse la mano a Peppino per salutarlo, ma anche per ringraziarlo.

«Grazie», gli disse, «per i sacrifici che fai per mia moglie. Penso che anche per un giovane come te sia duro dover tornare adesso in montagna, a quest'ora e con questo tempaccio».

Non seppe cosa rispondergli, l'imbarazzatissimo Peppino. Si limitò a stringergli la mano, con il solito rispettoso inchino. Anche alla signora baronessa strinse la mano con un inchino, non potendo far altro. Due sole parole, dalla sua bocca: «Buon viaggio».

Montò in sella con un salto da ghepardo, il ragazzo, e sparì nel buio della sera che sembrava già notte fonda, con tempesta in arrivo.

XVI.

Tornarono a Taormina esattamente dopo undici giorni, il 14 gennaio, Frieda e David Herbert Lawrence. E la signora, per annunciare all'amica Betty ed al mulattiere Peppino che era tornata, salì a piedi al villaggio in collina. Il telefono, l'italiano Antonio Meucci l'aveva già inventato, una cinquantina d'anni prima, ma nelle campagne di Castelmola, nel gennaio del 1921, nessuno lo aveva ancora visto.

C'era il telefono pubblico, all'ufficio postale di Castelmola, ma un avviso di chiamata, ai contadini che abitavano in collina, difficilmente veniva recapitato nella stessa giornata, un telegramma arrivava al destinatario dopo un giorno o due, ed una lettera dopo qualche settimana. Le cartoline con i saluti dalla Germania, spedite a settembre dai coniugi Lawrence all'amica Betty e da Frieda a Peppino, arriveranno dopo due mesi e mezzo.

E dunque, preferì fare una bella improvvisata, la signora Lawrence, presentandosi ai suoi amici in carne ed ossa, anziché farsi annunziare da un telegramma.

Peppino non c'era. Aveva lasciato il villaggio di buon mattino in groppa al mulo (senza seggiola), con un elenco di commissioni da fare per la padrona, a Taormina e Castelmola. Doveva, fra l'altro, consegnare quaranta bottiglie del nuovo vino ad amici inglesi e taorminesi della signora Betty, e poi acquistare generi alimentari e bevande varie per rifornire la dispensa. Le previsioni erano che sarebbe tornato tardi. Ed infatti tornò quando era già buio.

Seppe dalla padrona, il mulattiere-servitore, che la signora baronessa era tornata a Taormina ed era già lassù, nell'appartamentino a lei destinato.

«Vai, avrà certamente bisogno di te per le stufe», gli disse la signora Betty, premurosa e comprensiva, spiegando che (in sua assenza) aveva dato l'incarico di accenderle al figlio di una cameriera, verso mezzogiorno, ed il ragazzo era poi tornato nel pomeriggio per alimentarle, ma aveva trovato la porta chiusa perché la signora non era più in casa.

Volò Peppino per riabbracciare la sua donna, dimenticandosi persino del mulo che doveva riportare nella stalla, e per questa dimenticanza avrà poi dalla padrona una ramanzina (severa ma indulgente, la signora Betty, visti i nuovi rapporti che, in omaggio all'amica Frieda, si erano creati).

Abbracci, baci e lacrime di gioia, nella stanzetta d'ingresso del piccolo appartamento, appena la porta si chiuse alle spalle di Peppino.

«Potrò restare qui questa notte ed anche domani notte», si affrettò a comunicare la signora Frieda, felicissima, al suo mulattiere-servitore.

«Ed io», rispose lui, «questa volta non dovrò inventare nulla per passare la notte con te, perché mia madre sa già tutto. Anche mio padre, i miei fratelli, i miei zii sanno tutto. Da chi lo hanno saputo, non so. Mia madre mi ha chiamato in disparte (quando voi eravate partiti da due giorni) e mi ha detto: "È vero quello che tutti dicono?". Io non ho saputo dirle di no ... Potevo mentire a mia madre? ...».

Non poteva non approvare, Frieda: «Hai fatto benissimo, Peppino. Mentire con i tuoi genitori, come più volte ti ho detto, non era né giusto né onesto. E poi, mentire per che cosa? Noi non avevamo e non abbiamo nulla, proprio nulla da nascondere. Ed io sono certa che saranno felici, sia loro che gli altri della tua famiglia, di vederci insieme».

Si erano seduti sul letto, discutendo. No, non c'era tempo per fare l'amore. La signora baronessa era attesa dall'amica per la cena, e Peppino, che si era finalmente ricordato del mulo, aveva fretta di andar via per riportarlo nella stalla e sistemarlo per la notte.

«Stai ancora un minutino», gli propose Frieda. Andò in cucina per prendere due bicchieri ed una bottiglia di vino. «Dobbiamo fare un brindisi per la bella notizia che mi hai dato, no? Sono proprio felice che i tuoi sappiano tutto di noi ...», disse al suo Peppino.

«Un brindisi, sì, è quello che ci vuole», la risposta di lui. «Mi sono liberato di un grande peso, e adesso non m'importa nulla che anche gli altri sappiano», spiegò.

Brindarono felici, preparandosi a quella che sarebbe stata la loro seconda notte d'amore in collina, ormai senza acquattamenti e sotterfugi, al calduccio di quel delizioso e confortevole appartamentino.

Sveglia alle 5, l'indomani, per entrambi. Il latte appena munto, come primissima colazione, lo voleva anche la signora Frieda, e voleva esserci pure lei, nella stalla, quando Peppino lo mungeva alla mucca preferita. Anzi, voleva mungerlo lei stessa, con le sue mani. Sempre pronto ad accontentarla, naturalmente, il devoto e innamorato Peppino.

C'era anche il padre, a quell'ora, nelle stalle: il latte, lui lo mungeva alle pecore per fare la ricotta (che Frieda aveva già gustato). Grandi sorrisi alla bella ospite, da parte del signor Carmelo, ma niente abbracci invadenti, niente sdolcinature, svenevolezze, ora che anche lui, come tutti nel contado, sapeva dei veri rapporti della signora baronessa con Peppino.

Fu lei, con la sua semplicità e simpatia, a gettargli le braccia al collo.

«Me lo farà vedere, un giorno, come prepara quella gustosissima ricotta, vero? ...», disse al padre del suo Peppino.

E lui: «Certo, quando vuole lei, io sono sempre qui, al mio posto di lavoro».

Era desiderosa di conoscere tutto, la signora Frieda Lawrence, della vita e del lavoro dei suoi amici contadini, irresistibilmente attratta da quel mondo semplice, fatto di cose semplici, autenticamente vero e vivo, così diverso (diceva lei, come il marito scrittore) da quello "sofisticato, falso e terribilmente vuoto" di una certa società borghese. L'intesa della signora baronessa con quella gente era perfetta anche nei rapporti umani, non soltanto per ragioni di letto, negli appassionati e furenti incontri d'amore con il mulattiere-servitore Peppino.

XVII.

Fu una triste estate per Peppino, quella del 1921. I coniugi Lawrence, che nel 1920 erano partiti la settimana prima di Ferragosto (quando lo scrittore si era reso conto delle difficoltà che il caldo afoso di certe giornate gli creava per la respirazione), anticiparono questa volta i tempi e lasciarono Taormina ai primi di luglio. Non per il solito giro in Italia con puntata finale in Germania (a casa della madre di lei), ma per passare due mesi interi in Austria, in un fresco paesino di mezza collina. Il giro per l'Italia lo faranno al ritorno dall'Austria, per rientrare a Taormina a fine settembre.

Tre mesi durissimi, per il povero Peppino, e non soltanto per la forzata astinenza sessuale. La signora baronessa faceva parte ormai della sua vita. Non era soltanto la sua donna, era anche il suo allettante e invidiatissimo lavoro: privilegio non da poco, certo, essere pagato per servire giorno e notte la donna con la quale andava a letto. E fu festa grande al ritorno di Frieda, a letto e pure a tavola, con tanto di invito ufficiale in casa D'Allura.

«Puoi dire alla signora baronessa che preparerò per lei i maccheroni che le piacciono tanto», disse la madre a Peppino. E la risposta di Frieda fu che, a preparare i maccheroni con la signora Immacolata, ci doveva essere anche lei.

«Sì, voglio imparare a farli anch'io, voglio diventare anch'io una brava cuoca specializzata in cucina siciliana», confermerà poi alla padrona di casa.

La casa dei D'Allura era dall'altra parte della collina, con vista soltanto sull'Etna, non sul mare. Un caseggiato molto vecchio e abbastanza vasto, che comprendeva anche le stalle ed un frantoio per le olive, a dieci minuti di strada o poco più dalla residenza della signora Betty.

Era già sera quando Frieda e Peppino arrivarono a piedi dal mini-villaggio, dopo mezza giornata trascorsa interamente a letto. Sul tavolo della cucina c'era già la farina pronta per essere impastata, e mamma Immacolata si mise subito all'opera, spiegando e illustrando alla interessatissima ospite ogni cosa, dagli ingredienti (che erano semplicemente farina di grano, acqua e sale) al duro lavoro di gomiti per far bene amalgamare la pasta, a quello per la confezione del prodotto finito che impegnava meno i gomiti e più la maestria delle donne di casa.

Una ricetta ed un rito che sono sempre uguali, da più di due secoli. Quella massa informe di pasta, nelle mani delle brave massaie siciliane (come in quelle delle napoletane che i maccheroni li importarono dalla Spagna sotto i Borboni, al tempo del Regno delle Due Sicilie), si trasforma in una sorta di salsicciotto molto esile che viene tagliato a pezzettini, tutti uguali, con un semplice colpo d'occhio e di coltello, e da quei pezzettini di pasta nascono poi i maccheroni. Come? Arrotolandoli con le mani sopra il tavolo, attorno a grossi aghi simili ai ferri per i lavori a maglia, lunghi una ventina di centimetri. Pochi magici colpetti, con mano leggera, e tutto è fatto (ma quanta fatica, per le principianti!). La notte, perfettamente allineati su grandi tovaglie cosparse di farina, i maccheroni avranno tutto il tempo per consolidarsi, fin quasi ad essiccarsi, per essere poi cotti l'indomani, all'ora del pranzo.

Un lavoro di parecchie ore, quello della sera, che di solito si conclude a notte inoltrata.

Peppino, conoscendo bene i tempi della preparazione, aveva fatto in modo che l'invito a pranzo coincidesse con una permanenza di almeno due giorni della signora nell'appartamentino della sua amica Betty, e Frieda poté così partecipare attivamente sia alla fase della preparazione, la sera fin quasi alla mezzanotte, sia a quella della cottura, l'indomani.

Lavoro delicato anche questo, non meno del precedente. I maccheroni debbono essere prelevati uno ad uno dalle tovaglie, con mani abilissime perché non si appiccichino l'uno all'altro, e buttati in pochi secondi nella grande pentola dell'acqua bollente: quasi contemporaneamente, con l'impiego quindi di tutte le donne di casa, ad evitare che risultino poi diversi, nella stessa pentola, i tempi di cottura.

È il momento-clou dell'intera operazione stabilire l'esatto grado di cottura. I maccheroni di casa, dicono le brave massaie, vanno scolati quando non sono "né troppo crudi né troppo cotti". Coglierà l'attimo giusto la signora D'Allura, "maestra" in materia, ed i risultati saranno più che eccellenti. Andranno a lei, naturalmente, i complimenti dei commensali; ma gli applausi, come era prevedibile, saranno tutti per la sua "allieva", rivelatasi collaboratrice "attenta e preziosissima" (parole della signora Immacolata).

Mangiarono sotto una cannicciata davanti all'ingresso, in una calda giornata di fine settembre. Con Frieda, i genitori ed i fratelli di Peppino, c'erano i due fratelli del padre con le rispettive mogli, i tre figli delle due coppie ed un loro amico, quattordicesimo a tavola ed invitato d'obbligo (anche ottant'anni fa, chiaramente, si riteneva che portasse male sedersi a tavola in tredici).

I maccheroni erano al sugo di maiale, con abbondante grattugiata del formaggio pepato di loro produzione. C'erano poi le costolette di agnello arrostite sulla brace, specialità del super-esperto Peppino, mangiate calde e con le mani, ovviamente. Ed infine, per chiudere, la solita gustosissima torta di mele, preparata non da mamma Immacolata (che aveva troppo da fare con i maccheroni), ma da una delle zie di Peppino.

Una allegra tavolata, con una Frieda perfettamente a suo agio. Sempre avvenente e piena di verve, la signora baronessa, come il giorno della prima vendemmia, ma senza l'esuberanza e gli eccessi di quel giorno. Indossava lo stesso vestito lungo di colore grigio con i fiorellini rossi e gialli, ma la scollatura, pur sempre generosa, sembrava adesso meno vistosa, ed un po' meno provocanti apparivano i suoi splendidi seni.

Una Frieda "castigata", per l'occasione? Niente affatto. "Castigati" erano i parenti di Peppino, il padre, i fratelli, gli zii, i cugini, non lei. Erano loro che se ne stavano buoni, ora che sapevano, evitando abbracci travolgenti, ammiccamenti, apprezzamenti maliziosi, sguardi un po' troppo insistiti su parti anatomiche (sempre da shock) della signora baronessa.

Il fratello ventottenne di Peppino, che nel vigneto era stato tra i più accesi e scatenati ammiratori della affascinante straniera e adesso l'aveva vicina a tavola, stava con la faccia girata dall'altra parte per evitare di incrociare con i suoi occhi i seni della signora e, quando proprio non poteva fare a meno di girarsi dalla parte di lei, faceva di tutto per tenere alti e lontani gli occhi da quel "ben di Dio". Un chiarissimo segno di "rispetto" nei confronti del fratello, nella Sicilia del 1921 (ma anche, bisogna dire, in certe zone della Sicilia di oggi).

Una sola persona, in casa D'Allura, poteva consentirsi di abbracciare la bella ospite come e quando voleva: la madre di Peppino. E lo faceva spesso, la signora Immacolata, non lesinandole complimenti per la sua simpatia, la sua semplicità, oltre che per la diligenza che aveva messo nella preparazione dei maccheroni.

Aveva detto alla signora baronessa, in gennaio, mamma Immacolata: «Li rifarò per la vendemmia, i maccheroni ...». Ma adesso era costretta a fare marcia indietro.

«Impossibile prepararli per tanta gente», spiegò alla "collaboratrice" Frieda. «Pensi, noi abbiamo lavorato fino a notte per quattordici persone, e nel vigneto siamo sempre da quaranta a cinquanta. Dovremmo quindi lavorare almeno due giorni di seguito, per riempire di maccheroni i piatti di tutta quella gente ... No, non è possibile; anche perché, quando si vendemmia, non c'è tempo da perdere con i maccheroni ...

«Li mangeremo ancora quassù, tra di noi», concluse mamma Immacolata. «Le occasioni per incontrarci, penso che non mancheranno, vero? ...».

«Certo che non mancheranno, ed io sarò ancora qui a lavorare con lei, in cucina ...», la puntualissima conferma della signora baronessa.

Si ritroveranno lassù a fine ottobre, dopo le vendemmie (alle quali parteciperà anche Frieda, naturalmente). A tavola sotto la stessa cannicciata, con lo stesso menu e tanta allegria. I coniugi Lawrence non avevano in programma altri viaggi negli ultimi mesi dell'anno e Frieda ne era particolarmente felice.

«Passeremo il nostro secondo inverno a Taormina», annunciò agli amici, «ed io spero di poter trascorrere la mia prima notte di Natale quassù, in questo angolo di paradiso».

Non ritenne di dovere annunciare altro, quel giorno, la signora Lawrence.

Ed aveva, in realtà, di che parlare: su un fatto importantissimo, avvenuto proprio in quei giorni, che avrebbe cambiato da lì a qualche mese la sua vita e quella di Peppino.

Il marito aveva già disdetto l'affitto della casa, avendo deciso di lasciare per sempre Taormina alla fine di febbraio. Sapeva che Peppino ne sarebbe stato amareggiato, la signora Frieda, e non voleva rovinargli (e rovinarsi) le feste di fine d'anno.

Glielo comunicherà a fine gennaio, un mese prima della partenza. Con una grossa bugia, per cercare di indorare in qualche modo la pillola all'innamoratissimo mulattiere: «Lasceremo quella casa, ma ne prenderemo in affitto un'altra, più grande e confortevole, per l'inverno, o addirittura la compreremo».

Non ci pensava neppure, lo scrittore Lawrence, a prendere in affitto un'altra casa a Taormina, tanto meno a comprarla. E Frieda lo sapeva benissimo.

XVIII.

Si separarono, per il Natale, i coniugi Lawrence: lui da solo nella casetta di Taormina, lei con gli amici in collina. Ci teneva tanto, la signora, al suo primo Natale in quello splendido "angolo di paradiso", ed il marito non seppe (o non poté) dirle di no. Con la promessa, da parte di Frieda, che per il Capodanno, sia la sera del 31 dicembre che il primo giorno del nuovo anno, non si sarebbe mossa da casa.

Peppino andò a prelevarla con il mulo nel primo pomeriggio del 24. In casa D'Allura era fittissimo il programma di lavoro in cucina, per il pomeriggio e l'intera serata fino a notte, e Frieda aveva detto che anche questa volta voleva esserci lei, accanto alla signora Immacolata.

C'era da preparare subito l'impasto per le frittelle di Natale ("crispelle", le chiamano in Sicilia), perché la pasta aveva poi bisogno di un paio di ore per lievitare, prima di essere versata a cucchiaiate (con dentro pezzetti di acciughe salate) nella pentola dell'olio bollente.

Sempre molto interessata alla ricetta, naturalmente, la signora baronessa. «Ho promesso a mio marito che le preparerò io l'ultima sera dell'anno per noi due, le vostre crispelle», disse alla "maestra" D'Allura.

Gli ingredienti per l'impasto? Farina, acqua, sale, come per i maccheroni, con in più un pizzico di lievito di birra, e acqua molto più abbondante che per i maccheroni, per una pasta morbida, filante. Gustosissime con le acciughe, le "crispelle" siciliane, ma anche con la ricotta, o arrotolate nello zucchero (in tal caso, la cucchiaiata di pasta viene calata nell'olio senza acciuga). Assai proficuo, per Frieda, il nuovo apprendistato, con il solito pubblico encomio (a tavola) da parte della signora Immacolata.

Aveva appena risolto un grosso problema, la signora Lawrence: dove e con chi passare la serata di Natale? Con l'amica inglese che la ospitava o con Peppino e la sua famiglia? Ed il suo Peppino, nel caso la signora avesse optato per la cena nella villa dell'amica Betty, sarebbe rimasto a casa con i suoi o, per essere in qualche modo vicino alla amatissima Frieda, avrebbe accettato dalla sua datrice di lavoro il solito incarico in cucina?

Alla padrona del villaggio la soluzione del delicato e non facile problema. E la signora Betty aveva trovato la più saggia ed equilibrata delle soluzioni, riuscendo ad accontentare tutti senza scontentare nessuno.

Frieda poteva benissimo passare la serata del 24 cenando con Peppino e la sua famiglia, e l'indomani, per il pranzo di Natale, sedere a tavola con l'amica inglese, il marito, il figlio e gli ospiti.

Con un appuntamento comune, per la notte di Natale: tutti insieme, padroni, ospiti e contadini, nella piazzetta del minivillaggio, dalle 23 fin oltre la mezzanotte, attorno al grande falò allestito dagli uomini di casa D'Allura ed acceso, per tradizione, dalla padrona.

Felicissima per la decisione dell'amica Betty, la signora Lawrence. Nel modesto appartamento dei D'Allura c'era la genuinità del mondo contadino (che la incantava), la festosa allegria della gente semplice, l'autentica atmosfera del Natale.

La più bella sorpresa per Frieda? La presenza di due contadini, con addosso i mantelli di lana bianca dei pecorai, che ricavavano dolcissime melodie soffiando dentro enormi sacche di pelli grezze di capra simili ad otri. Erano gli zii di Peppino, suonatori di ciaramelle per devozione ed anche per mestiere, venuti in casa D'Allura (oltre che per cenare con i parenti) per completare la "novena" in onore del Gesù bambino non ancora deposto nel presepe.

Sono sempre stati i simboli più cari del Natale, i "ciaramiddari" (suonatori di cennamelle, li chiamò Dante Alighieri otto secoli fa). Girano per stradette e vicoli, sempre attorniati da nugoli di ragazzi in festa, portano gioia e serenità nelle case di ricchi e poveracci.

Pochi minuti in ogni casa, davanti a presepi grandi e piccoli, allestiti nella camera da pranzo, in salotto o in un angolo della cucina. Suonano i tradizionali motivi del Natale, «melopee che sanno di chiesa, di chiostro, di casa, di culla, di mamma» (come le definì il romagnolo Giovanni Pascoli al tempo in cui insegnava letteratura italiana all'università di Messina).

Suonarono le dolcissime "melopee" con tanta devozione, gli zii zampognari di Peppino, davanti al presepe allestito nella grande cucina che faceva anche da camera da pranzo. Ma quella sera, oltre che per festeggiare il Bambino che sarebbe stato deposto da lì a poco nella grotta, dovettero suonare anche per la gioia dei commensali.

Soprattutto della signora baronessa, la quale, con grande divertimento suo e degli astanti, chiese ad un certo punto di poter soffiare lei dentro quelle grosse sacche di pelle, per vedere se riusciva a tirar fuori qualche nota. Accontentata subito, ovviamente: con risultati non proprio disastrosi.

E si capisce da questi particolari di sapore cronachistico in quale gioiosa atmosfera procedesse la cena in casa D'Allura: una atmosfera di festosa allegria che nulla toglieva, naturalmente, alla religiosità dell'evento che nella "notte santa" si celebrava. Poco prima, mentre i "ciaramiddari" suonavano davanti al presepe, Frieda non era riuscita a trattenere le lacrime per la commozione.

«Non sono una cattolica credente», spiegherà poi, «ma le emozioni che ho provato, ascoltando per la prima volta dal vivo le dolcissime melodie degli zampognari davanti ad un presepe, sono di quelle che toccano l'animo anche dei non credenti».

Tutti con molto appetito, a tavola. Il menu della cena (cosiddetta) di mezzanotte? Il piatto forte era rappresentato dalle "crispelle", insieme alle "borse" (che i pizzaioli chiamano oggi "calzoni"), fatte con la stessa pasta delle "crispelle", molto più solida, e ripiene di formaggio e cipolline novelle.

Poi, verdura selvatica fritta con il pane, salame, olive, fichi secchi ripieni di noci e mandorle, la torta di mele, preparata questa volta dalla signora Immacolata (con l'assistenza di Frieda); il tutto innaffiato con il buon vino spillato l'11 novembre per la festa di san Martino.

E dopo cena, alle 23 in punto, tutti nella piazzetta del villaggio, per il rito della accensione del falò.

Una notte fredda, ma un freddo piacevole, decisamente insolito per Natale a 900 metri d'altezza (ricordava Peppino), per fronteggiare il quale non era necessario imbacuccarsi. Frieda era in maglione di lana sulla camicetta di cotone e cappotto di pelle, ed il suo giovane mulattiere addirittura senza il mantello, con un maglione di lana molto pesante sopra la camicia, sferruzzato dalla madre con lana bianca grezza che lei stessa aveva filato con la tradizionale conocchia delle nonne di Sicilia.

Meravigliosamente stellato il cielo, ma senza luna. Intorno al mini-villaggio, rischiarato dai vecchi lumi a petrolio posti all'ingresso e sulle terrazze della residenza della padrona, sulla porta di ogni appartamentino e intorno alla piazzetta, la campagna buia, immensa e silenziosa, punteggiata qua e là dai fuochi del Natale che, come per incanto, si accendevano contemporaneamente, un'ora prima della mezzanotte, davanti alle povere case dei contadini.

Il falò nella piazzetta era una piramide dai tre ai quattro metri, con i grossi tronchi di vecchi alberi sradicati a far da base, sistemati in modo da lasciare aperta, in basso al centro, una sorta di grotta, dentro la quale erano ammassati rami secchi di piccole dimensioni e sterpaglie miste a paglia destinate ad avviare subito la fiamma.

Sui tronchi, i rami secchi più grossi, vecchie porte e finestre rose dal sole e dalle intemperie, strappate dai muri cadenti di casolari definitivamente abbandonati, e mobili vecchi, inservibili e irrecuperabili, suppellettili d'ogni genere, tutto ciò di cui le famiglie dei contadini intendevano liberarsi a fine anno.

Il fuoco, dopo la grande vampata di mezzanotte, perdeva di intensità, ma non si esauriva nella notte del 24, spesso nemmeno in quella tra il 25 ed il 26, perché i grossi tronchi tardavano a bruciarsi e non sempre finivano completamente in brace.

Quando la signora Lawrence rimonterà in sella al mulo per rientrare a Taormina, nel pomeriggio del 26 dicembre, la brace nella piazzetta era ancora parecchia, ed uno dei grossi tronchi d'albero bruciato solo per metà.

Sempre vigili, naturalmente, i contadini, anche di notte: se all'improvviso cominciava a soffiare il vento (come qualche volta accadeva), ad evitare pericoli per la campagna, ma soprattutto per le case di abitazione che sorgevano intorno alla piazzetta, loro erano pronti ad intervenire con i secchi d'acqua riempiti nei pozzi. Quell'anno, per fortuna, non ce ne fu bisogno.

Si accendevano per "riscaldare" il Bambino appena nato, i falò, secondo la tradizione religiosa. Anche nelle piazze di Taormina, davanti alla cattedrale ed alla chiesa di santa Caterina, non soltanto nelle campagne.

Per vedere i fuochi in paese, la notte del 24, andò in piazza pure lo scrittore Lawrence, interessato agli aspetti folcloristici del Natale, non a quelli religiosi.

L'anno precedente, quella notte, gli era accanto la moglie, per il loro primo Natale in Sicilia. Insieme avevano assistito alla accensione del falò davanti alla cattedrale, alla processione che usciva mezz'ora dopo la mezzanotte, con l'effigie del Bambinello nudo tra le braccia dell'arciprete sotto il baldacchino retto dai notabili del luogo, e rientrava nella stessa cattedrale intorno alle 2.

Nel mini-villaggio creato dalla signora Betty in collina, niente messa, niente processione. Mogli e figlie di contadini, per assistere alla messa di mezzanotte, erano scese a Castelmola (un'ora di strada a piedi), con le torce in mano per far luce lungo viottoli e trazzere che, in assenza della luna, erano completamente al buio.

E mariti e padri, affacciati alla grande ringhiera in ferro battuto della piazzetta, aspettavano il loro ritorno per rientrare insieme a casa. Vedranno comparire quella piccola processione di torce in salita dopo le 2 e potranno andare a dormire non prima delle 3.

Aspettarono che gli ultimi contadini lasciassero la piazzetta, Frieda e Peppino, per ritirarsi nell'appartamentino destinato alla signora Lawrence. E non perché volessero ancora nascondere agli amici che andavano a dormire insieme: non c'era più nessuno, nel contado, che non sapesse della loro storia d'amore. Volevano semplicemente restare soli per un po', affacciati a quella ringhiera sospesa tra cielo e mare, nella notte.

Un quarto d'ora, non di più, in una piazzetta completamente

deserta, nel silenzio assoluto rotto soltanto dal crepitio dei ceppi che bruciavano nel falò. Tornarono al loro "nido" passeggiando lentamente, abbracciati e felici. No, non faranno l'amore, quella notte. In Sicilia, ottant'anni fa, non si faceva l'amore, la notte di Natale (ed ancora oggi, in certe zone dell'isola, sono in molti a non farlo, anche se la Chiesa cattolica non lo proibisce).

E l'indomani? Quando si svegliarono (Peppino poco prima delle 6, Frieda dopo le 8), la "notte santa" era già alle loro spalle. E la tinozza piena di acqua calda sarà per entrambi una tentazione irresistibile. Così, dopo che lui lavò le spalle a lei e lei le spalle a lui, non poterono fare a meno di tornare a letto. Per amarsi "furiosamente", come facevano ormai da un anno e quattro mesi.

Per il resto, giornata di assoluta distensione. Alle 10,30, colazione, preparata amorevolmente da Peppino; alle 11,30, passeggiata; alle 13, per Frieda pranzo nella villa dell'amica Betty, per Peppino a casa sua; alle 15, riposino, ciascuno a casa propria; alle 18, ancora insieme per una passeggiata in piazzetta; alle 19,30, cena in casa D'Allura, per entrambi; alle 23, nuova passeggiata con sosta davanti al falò ancora acceso; ed alle 24, a letto, nel loro splendido "nido".

Menu del pranzo di Natale nella residenza della signora Betty? Pasta al forno, capretto al forno, patate al forno, cipolle al forno, pomodori ripieni al forno. Anche la crostata di marmellata era al forno, cotta però in quello della signora Immacolata D'Allura e da lei portata in dono alla padrona del villaggio.

Un bel pranzo, certo: con bella gente, ma senza molta allegria, senza l'atmosfera gioiosa che di solito si accompagna a quella che per i cristiani (e non soltanto per loro) è la festa più bella dell'anno.

A ricordare ai commensali che era Natale non c'era il presepe, come in casa D'Allura ed in quasi tutte le case del contado, ma un grande abete innevato con i fiocchi di cotone, già molto diffuso in quegli anni nel Nord Europa ed anche in molte regioni del Nord Italia. Era il primo albero di Natale che si vedeva a Taormina e dintorni, voluto dalla signora Betty, inglese di fede cattolica ma appartenente alla Chiesa protestante anglicana che dal 1534 fa capo non al Papa di Roma ma al sovrano d'Inghilterra.

Non c'erano i "ciaramiddari", da sempre i simboli più cari del Natale. Gli zampognari siciliani, allora, non andavano a suonare le dolcissime "melopee" davanti ad un albero infiocchettato, sovraccarico di lustrini, palle colorate e fili d'argento. Oggi sì, lo fanno: davanti agli abeti veri ed a quelli di plastica.

XIX.

In gennaio, dunque, l'annuncio dell'addio. «Mio marito ha già deciso, lasceremo la nostra casetta di Taormina a fine febbraio», disse la signora baronessa al mulattiere che le stava accanto a letto, all'alba (assai triste e per lui assolutamente inimmaginabile) di una delle loro felicissime notti d'amore in collina.

«David è convinto», gli spiegò, «di essere ormai sulla strada della completa guarigione, dice che Taormina ha già fatto il miracolo facendolo ritornare a vivere, e adesso ha bisogno di girare per il mondo, di andare a trovare vecchi amici, di visitare nuovi Paesi. Io non credo alle sue certezze, come non credono i medici, ma non voglio in nessun modo essere di ostacolo ai suoi programmi. Andrò dove lui vuole, il mio dovere di moglie è di seguirlo, di stargli vicina, di assisterlo ...

«No, la sua salute non è migliorata per nulla, purtroppo. Gli specialisti con me hanno parlato chiaro, con lui un po' meno: non se la sono sentita di dirgli come stanno realmente le cose. Dicono che la perdita di ogni speranza, in un malato nel suo stato, non farebbe che aggravare la situazione ...».

Ascoltava, il buon Peppino, e non sapeva proprio cosa dire. Dispiaciuto, certo, angustiato per le preoccupanti condizioni di salute di quel signore che con lui era stato sempre molto gentile, ma ancor più, ovviamente, per la partenza (questa volta definitiva) della donna che, spogliandolo con la violenza in un vigneto sotto la pioggia, non soltanto gli aveva insegnato a fare l'amore, facendogli assaporare le "gioie più esaltanti della carne", ma aveva anche dato una svolta alla sua vita, con quel singolare e piacevolissimo lavoro che gli consentiva di prendere la paga dalla padrona per servire la baronessa ospite con la quale andava a letto.

E adesso, finita la grande avventura, una "abbuffata di sesso" durata quasi due anni, il ragazzo più invidiato del contado tornava ad essere quello che era sempre stato, un mulattiere solitario e malinconico, di poche parole e di pochi sorrisi, che per soddisfare le proprie voglie sessuali, sotto un albero o in un campo di grano (mai a letto e mai con una donna completamente nuda), poteva soltanto aggrapparsi alle disgrazie coniugali di qualche contadinotta.

«E di noi, cosa sarà?», domandò Peppino alla signora baronessa, con un tono tra lo smarrito, il preoccupato e l'ingenuo, intendendo forse dire "cosa sarà di me?", che era quello che più lo assillava.

Risposta di lei: «Due persone che si vogliono bene, come ci vogliamo bene noi, trovano sempre il modo di incontrarsi».

«Ma dove, come, quando?», incalzò lui, sempre più ansioso.

«Mio marito», ribatté Frieda, «mi ha assicurato che a Taormina ritorneremo, prenderemo in affitto o compreremo una casa più bella e comoda per passarci l'inverno, la primavera, l'autunno, non l'estate, perché il caldo asfissiante che c'è qui in certi periodi dell'estate non gli consente di respirare bene ...».

«Potremo quindi rivederci fra un anno, forse ...», la riflessione a voce alta del mulattiere Peppino.

«In estate verrò io, da sola, e faremo ancora l'amore nel vigneto, nel nostro bellissimo campo di gigli, nella vasca e nel tino del palmento ...», cercò di rassicurarlo la signora. «E d'inverno, quando mio marito deciderà di prendere casa a Taormina, torneremo ancora quassù, noi due, in questo delizioso appartamentino che sembra costruito apposta per noi, un autentico nido d'amore per innamorati ...».

Mentiva, chiaramente, la signora baronessa, pensando di poter rendere meno amara la pillola al suo preoccupatissimo compagno di letto. E lui, il buon Peppino, era davvero così ingenuo da pensare che quei sogni (se di sogni si trattava e non di semplici parole consolatorie) potessero ancora realizzarsi?

Che ci credesse o meno, un fatto è certo: non se ne restò in un angolo a piangere, il mulattiere Peppino, nel mese che gli restava da passare al servizio della amata baronessa, e la "abbuffata di sesso" non subì flessioni di sorta.

Intensificarono anzi i loro incontri, da quel giorno, la signora Lawrence ed il suo accompagnatore-servitore, sia nell'appartamentino in collina che nella vasca e nel tino del palmento (anche col freddo), cogliendo in quattro settimane tutti i piaceri che era possibile cogliere (alla Abelardo ed Eloisa, con qualche sfizio in più), senza preoccuparsi di ciò che il futuro avrebbe loro riservato.

E non soltanto i "piaceri della carne": anche quelli della gola. La signora Immacolata D'Allura fu mobilitata ancora un paio di volte per preparare (con Frieda) i maccheroni di casa, e pure le "crispelle" con le acciughe, le "borse" ripiene di formaggio e cipolline novelle, anche se Natale e Capodanno erano ormai lontani.

Era diventata davvero una di casa D'Allura, la signora Lawrence. «Per me», confidava la madre di Peppino a parenti e amici, «è come una figlia, e l'affetto che lei ha per me è quello di una figlia. Pensate, mi ha detto anche di darle del tu ... In cucina, mentre preparavamo i maccheroni ... E poiché io esitavo a farlo, me lo ha imposto lei di farlo subito, prima di sederci a tavola ... Mi sembrava strano, una povera contadina analfabeta dare del tu ad una baronessa ricca ed istruita ... Una mancanza di rispetto, mi sembrava ... Ho detto anche a lei, naturalmente, di darmi del tu, di chiamarmi con il mio nome, Immacolata».

Abbracci, baci e lacrime, nella piazzetta del mini-villaggio, alla vigilia della sua partenza. Era davvero commossa, la signora Immacolata. «Le ho chiesto», raccontava, ritenendo forse di poter consolare in qualche modo lo sconsolato Peppino, «se pensa di tornare, e mi ha assicurato che tornerà senz'altro, molto presto, con o senza il marito, e torneremo ancora a preparare insieme i maccheroni, le crispelle di Natale ...».

Si velarono di lacrime anche gli occhi del padre di Peppino, e quelli dei fratelli, degli zii, delle zie, dei cugini, quando la videro per l'ultima volta salire sulla seggiola in groppa al mulo, nel pomeriggio del 27 febbraio.

Andò a salutarla anche il simpatico ed arzillo vecchietto fisarmonicista che l'aveva tanto ammirata nel vigneto e nella vasca del palmento: un caloroso abbraccio anche per lui, da parte della signora baronessa.

Gli ultimi appassionati baci, Frieda e Peppino se li scambiarono nel solito angolo appartato della stradina che portava in via Fontana vecchia, quando era già sceso il buio.

«Tornerai, vero?», domandò ancora Peppino alla signora baronessa.

«Certo che tornerò», la sua ennesima rassicurante (e menzognera) risposta.

Altro abbraccio, appassionatissimo, ma niente lacrime. Lo aveva ordinato la signora a Peppino di non piangere. «Piangono i ragazzi, non gli uomini», le sue testuali parole, affettuosamente severe, sferzanti.

Pochi minuti dopo, erano davanti all'uscio della casetta di via Fontana vecchia che i coniugi Lawrence si preparavano a lasciare definitivamente l'indomani. Una scena già vista, quella dello scrittore che compariva sulla soglia e tendeva la mano al mulattiere Peppino, per ringraziarlo e salutarlo.

«Sì, partiremo domattina», confermò. «Ma non per sempre», si affrettò a precisare, mentendo anche lui, come aveva già fatto la moglie. «Torneremo certamente nella vostra bella Taormina, che ormai è anche la nostra Taormina ... Non so quando, ma torneremo ...».

Lo salutò con il solito rispettoso inchino, il mulattiere Peppino. Si inchinò anche dinanzi alla signora baronessa, stringendole frettolosamente la mano. E scappò via, in tempo per non far vedere alla sua donna che l'uomo Peppino aveva di nuovo i lucciconi agli occhi.

Non la rivedrà mai più, Peppino D'Allura, la sua grande amica baronessa. A Taormina i coniugi Lawrence non metteranno più piede. Peppino riceverà dalla ex amante (e mostrerà agli amici) due cartoline: la prima, spedita in marzo da Ceylon, con un "GRAZIE !!!" in lettere maiuscole, tre punti esclamativi e la firma (solo il nome, Frieda); la seconda, spedita dal Nuovo Messico (Stati Uniti), con un "Buon Natale per te e per tutti i tuoi cari, tutti simpaticissimi!!!", che riceverà nel febbraio del 1923. Non avrà altro, il giovane mulattiere, dalla signora che, con la sua «ardente sensualità senza freni», lo aveva fatto diventare un "uomo".

All'amica Betty, prima di partire, la signora Lawrence aveva confidato: «Due soli uomini, tra i tanti che ho avuto, mi hanno dato il pieno appagamento sessuale: il boscaiolo spagnolo che ho incontrato per caso sui Pirenei, durante il viaggio di nozze con David, quando avevo 35 anni, ed il tuo mulattiere, un ragazzo d'oro, vigoroso e dolcissimo, che ho conosciuto a 41 anni. Con lo spagnolo, che non ho avuto mai più occasione di incontrare e del quale ho saputo soltanto che si chiamava Pedro ed aveva allora 40 anni, sono stata a letto per un'ora o poco più; con Peppino per quasi due anni. E non potrò mai dimenticarli: né i due meravigliosi anni con il siciliano Peppino né quella favolosa ora con il formidabile Pedro nella piccola baita sui Pirenei».

XX.

Lasciarono Taormina la sera del 28 febbraio 1922, i coniugi Lawrence: erano trascorsi esattamente due anni e un mese dal loro arrivo, avvenuto ai primi di gennaio del 1920.

«Il peggio è passato, adesso posso tornare a sperare in un recupero totale della mia salute», aveva scritto il trentasettenne David (con troppo ottimismo, per nulla condiviso dai medici) all'amica scrittrice americana Mabel Dodge, che lo ospiterà poi nella sua residenza-fattoria del Nuovo Messico, negli Stati Uniti. Era soltanto una illusione, purtroppo: la guarigione per lui non arriverà mai, né totale né parziale.

In giro per il mondo, da un continente all'altro. Stati Uniti, India, Australia, Nuova Zelanda, Tahiti, ancora Stati Uniti (Los Angeles, San Francisco), Messico, le tappe più importanti. *Canguro* e *Mattinate al Messico*, i libri di viaggi pubblicati da Lawrence in quegli anni. Due i romanzi: *La donna che fuggì a cavallo*, contro la sofisticata modernità di certe donne, tipo la sua grande amica Mabel Dodge, e *La principessa*, una sorta di "lezione di naturismo" alla sofisticatissima pittrice inglese Dorotea Brett, altra sua grande amica (anche di letto, quando David era sano), che lo adorava non meno della Dodge.

Ritornarono in Europa: Inghilterra, Svizzera, Germania, ed

ancora in Italia. Ma non più a Taormina. Presero in affitto una vecchia casa padronale sulla riviera ligure, a Spotorno: villa Bernarda, al centro di un vigneto (diventerà poi un albergo, circondato da un grande parco, con statua in bronzo di Lawrence all'ingresso).

E lì la signora Frieda Lawrence incontrò l'uomo che, vent'anni dopo la morte dello scrittore, sarebbe diventato il suo terzo ed ultimo marito: il tenente dei bersaglieri Angelo Ravagli, 34 anni, romagnolo di Tredozio (provincia di Forlì), ex muratore, sposato con una insegnante, padre di tre ragazzi, il quale abitava con la famiglia a Savona (della cui provincia Spotorno fa parte).

Bell'uomo, spalle larghe, capelli e baffi rossicci, un volto aperto e gioviale, tutto il contrario del solitario e malinconico Peppino D'Allura di Castelmola (e del solitario e malinconico guardacaccia inglese Oliver Mellors, protagonista del romanzo).

A villa Bernarda lui era di casa, essendone proprietario uno zio della moglie: poteva quindi girare per il vigneto quando e con chi voleva, e disporre all'occorrenza di un capanno tra gli ulivi, oltre che di una camera tutta per sé nell'interrato della villa.

Era il 1926 ed erano passati quattro anni dalla partenza dei coniugi Lawrence da Taormina. Frieda, di anni, ne aveva 47, tredici più del prestante bersagliere. Per la non più giovane ma sempre esuberante signora Lawrence, fu un nuovo "tripudio dei sensi", ancora in un vigneto.

Sessualmente vigoroso, non meno del mulattiere siciliano, il giovane tenente romagnolo-ligure. Ed in più, con un passato da eroe che affascinava le donne almeno quanto la prestanza del suo fisico: pluridecorato per le sue ardimentose incursioni sul Tagliamento contro le truppe austro-tedesche durante la prima guerra mondiale, che gli avevano procurato anche i gradi di tenente.

Politicamente e militarmente nemico, quindi, dell'eroico cugino di Frieda, Manfred von Richthofen, asso dell'aviazione tedesca, passato alla storia come il "barone rosso". Ma a letto, si sa, le divergenze politiche non sono state mati tenute in gran conto, e alla signora Lawrence non interessavano affatto, come non interessavano le differenze tra classi sociali (vedi il precedente con il mulattiere D'Allura, e, prima ancora, quelli con lo stalliere in Germania, con il portinaio della Accademia di danza a Dresda, con il macellaio in Inghilterra, con il boscaiolo nella baita sui Pirenei).

Il romanzo *L'amante di Lady Chatterley* uscì due anni dopo, nel 1928, stampato artigianalmente in una tipografia di Firenze a spese dell'autore, dopo che il manoscritto, "sudicio libercolo di un marito guardone e impotente", era stato rifiutato dagli editori inglesi.

C'era già il sospetto che, dietro le sembianze della protagonista Connie, inquieta moglie dell'intellettuale sir Clifford Chatterley, paralizzato e sessualmente impotente per una ferita riportata in guerra, ci fosse la signora Frieda Lawrence, inquieta moglie dell'autore del romanzo, non paralizzato ma impotente per la tisi galoppante.

Si trattava solo di individuare chi si celasse dietro le sembianze del malinconico e vigoroso guardacaccia Oliver Mellors. Impresa non facile, visto il considerevole numero di amanti (stabili ed occasionali) che la signora baronessa aveva avuto, in Germania, in Inghilterra, in Italia ed in tutta Europa (scrivono i biografi dello scrittore).

Morì due anni dopo l'uscita del romanzo, David Herbert Lawrence: nel 1930, a Vence (un paesino della Provenza, in Francia), dove si era trasferito, sempre con la moglie, quando la tisi era già all'ultimo stadio. Angelo Ravagli, appena lesse la notizia sui giornali, mandò un telegramma alla vedova: «Se ti senti sola, puoi tornare a Spotorno». Frieda non ci pensò due volte ad accettare l'invito. Ma a Spotorno restò per non molto tempo.

Partì due mesi dopo per gli Stati Uniti: insieme ad Angelo, che per lei piantò moglie e figli, pur assicurando loro un assegno mensile di 200 dollari (una sommetta non di poco conto per quegli anni, certamente al di sopra delle disponibilità di un tenente dell'esercito italiano in congedo, ex muratore ed ufficialmente senza lavoro).

Si stabilirono nel Nuovo Messico, in una bella casa (annessa alla residenza-fattoria di Mabel Dodge) che la scrittrice americana aveva ceduto pressoché gratuitamente all'amatissimo collega Lawrence quando David era ancora in vita, e della quale era adesso Frieda, a tutti gli effetti, la legittima proprietaria. Aveva 51 anni, la vedova Lawrence; Angelo Ravagli ne aveva 38.

Vissero da amanti per vent'anni. Alla signora baronessa l'ex muratore ed ex tenente dei bersaglieri Ravagli faceva anche da segretario, da amministratore: trattava lui la vendita dei manoscritti originali dello scrittore, l'entità dei diritti d'autore per la ripubblicazione dei libri, e andava fiero di aver costruito con le sue mani (da ex muratore) un mausoleo per lo scrittore Lawrence nel giardino della residenza di Frieda, deponendoci dentro l'urna con le ceneri che lui stesso era andato a prelevare nel cimitero di Vence, in Francia. E nel 1950, dopo due decenni di convivenza, si sposarono.

Un matrimonio d'interesse, sospettarono in molti; e l'interesse non poteva che essere da parte di lui. La neo signora Ravagli (che aveva già 71 anni) morirà sei anni dopo, e ad Angelo andrà un terzo del cospicuo patrimonio che lei aveva ereditato dal padre in Germania e da Lawrence, diritti d'autore compresi; gli altri due terzi andranno alle due figlie di Frieda (il loro fratello era morto prima della madre).

Tornò in Italia ricchissimo, il terzo vedovo della signora Frieda von Richthofen, per stabilirsi a Tredozio, nel paesino romagnolo dove era nato. Ed il suo conto in banca continuava a crescere vistosamente, grazie ai diritti d'autore per il romanzo *L'amante di Lady Chatterley*, tradotto in tutte le lingue del mondo, e le altre opere dello scrittore Lawrence (il quale, per un crudele gioco del destino, non aveva fatto in tempo, lasciando questo mondo a 45 anni, ad incassare una sola sterlina per il suo libro più famoso, pubblicato a 43 anni).

Andarono i giornalisti ad intervistare il settantottenne vedovo, nel 1970. Non a Tredozio, ma a Spotorno, dove il "pensionato d'oro" Angelo Ravagli trascorreva lunghi periodi dell'anno. In albergo, naturalmente, in quella ex villa Bernarda (passata in eredità ai cugini della moglie) che era stata teatro della sua love story con Frieda.

«Sì, facevamo l'amore nel vigneto, in un capanno tra gli ulivi, ed anche nella camera dell'interrato che mi ero riservato nella villa data in affitto ai Lawrence dallo zio di mia moglie», confermò l'ex tenente dei bersaglieri, totalmente canuto ma ancora prestante (anche se claudicante per un incidente d'auto), faccia allegra, mente lucidissima.

«Ed il marito», tenne a precisare, «sapeva tutto di noi, perché Frieda, che continuava a dormirgli accanto, aveva deciso di dirglielo con chi andava a fare l'amore, visto che con lui non poteva più farlo ...».

«Mi odiava, quell'uomo dall'aspetto macilento», raccontò. «Ero l'uomo che odiava forse di più al mondo, anche se faceva di tutto per non farlo apparire. Invidiava il mio fisico, la mia salute di ferro, la mia virilità. Il sesso, lui lo raccontava nei libri, non lo faceva, non poteva farlo, pover'uomo ... E non poteva neppure essere geloso della moglie: poteva soltanto invidiare e odiare chi faceva l'amore con lei, chi era in grado di soddisfare una signora sessualmente esigente come Frieda ...

«E mi odiava, sì, mi odiava tanto», continuava a dire, «più di quanto avesse odiato e odiasse altri uomini che erano stati a letto con sua moglie, proprio perché aveva saputo e sapeva dai racconti di Frieda quello che io ero riuscito e riuscivo a darle, molto più di altri ...».

Parlava delle sue prodezze in alcova, l'ex tenente dei bersaglieri Ravagli, con lo stesso fervore auto-celebrativo che metteva nella rievocazione delle sue gesta sul Tagliamento. Nessun dubbio (da parte dei giornalisti che lo ascoltavano) sulle sue virtù amatorie, come in quelle militari. Ma la presunzione che fosse lui il più odiato dal povero Lawrence perché il più bravo con sua moglie a letto, qualche commento sarcastico non poteva non provocarlo.

«L'oste, si sa, è sempre portato ad esaltare il proprio vino», scrisse in quella occasione uno dei più popolari giornali tedeschi, *Bild*, «e il simpatico ex bersagliere italiano, il suo vino, ha saputo venderlo bene. Lui, il più bravo di tutti a letto con la signora Lawrence? Può darsi. Ed anche, dobbiamo presumere, il più furbo e opportunista di tutti gli amanti della signora, se a 34 anni, bell'uomo com'era, non seppe far altro che tradire la moglie sua coetanea con una baronessa quarantasettenne, piantare moglie e tre figli per andare a vivere con lei in America, senza un lavoro, visto che quello del muratore non lo faceva più, e sposare poi la ricchissima vedova quando lei aveva già 71 anni. Una vedova che dal padre barone aveva ereditato in Germania un cospicuo patrimonio e dal marito scrittore, oltre alla residenza del Nuovo Messico, un fiume di diritti d'autore destinato a scorrere per molti anni».

Senza entrare nel merito delle valutazioni amatorie o avventuristiche, opportunistiche e affaristiche dell'ex muratore Ravagli, una considerazione va fatta: il destino, assai crudele con il giovane Lawrence, era stato anche tremendamente beffardo nei suoi confronti. Non poteva mai pensare allora, lo sfortunatissimo scrittore, che con il proprio lavoro, frutto esclusivo del proprio ingegno, con i proventi dei diritti d'autore per i libri che scriveva, avrebbe un giorno contribuito ad arricchire uno degli uomini che (più o meno di altri, importa poco saperlo) odiava al mondo.

Tra i giornalisti che intervistarono l'ex tenente dei bersaglieri Ravagli al suo ritorno in Italia, c'era l'autore di questo libro, allora giornalista a Milano, redattore e inviato del settimanale *Gente*.

Gli domandai: «Cosa c'è, nel romanzo di Lawrence, di quello che è avvenuto nel vigneto di Spotorno? Lei si identifica, in qualche modo, nel personaggio del guardacaccia Mellors? ...».

Mi rispose: «No, non c'è nulla di Spotorno, in quel romanzo. Il signor Mellors ed io non abbiamo nulla, proprio nulla in comune: l'amante della signora Connie Chatterley è un solitario, un malinconico, mentre io sono sempre stato e sono tutto il contrario. La malinconia e la solitudine sono cose che, per mia fortuna, non ho mai conosciuto».

«E Frieda», gli domandai ancora, «si riconosceva nella signora Connie Chatterley?».

«Lei sì, poteva riconoscersi ...», la sua risposta. «Avevano entrambe gli stessi problemi, povere donne, con i mariti in quelle condizioni, la stessa gioia di vivere, la stessa immensa voglia di amare ed essere amate ...».

«Ma non c'è proprio nulla in comune, tra Angelo Ravagli e Oliver Mellors?», insistevo io.

E lui: «L'ho detto e lo ripeto, siamo totalmente diversi». «Cosa vuole che le dica, di più? ... A leggere il romanzo, faceva benissimo l'amore, quel guardacaccia inglese, ed in questo certamente ci somigliamo. Voglio però precisare che, giochi erotici sotto la pioggia, nel vigneto e tra gli ulivi di Spotorno, io e Frida non ne abbiamo fatti. Né lì né altrove. Questo sì, posso dirlo con certezza».

Morì nel 1975, a 83 anni, nel paesino emiliano in cui era nato, il ricchissimo ex muratore ed ex tenente dei bersaglieri Angelo Ravagli.

Il mulattiere siciliano Peppino D'Allura (che tutti nel contado chiamavano "l'amante di Lady Chatterley") morirà quindici anni dopo, nel marzo del 1990, a 92 anni, povero come era sempre vissuto: non nelle campagne di Taormina e Castelmola (dove era nato), ma negli Stati Uniti.

Da ventisei anni viveva a Pittsburg, in Pennsylvania, dove aveva sposato, sessantaseienne, una siciliana cinquantenne emigrata molti anni prima con i genitori, vedova di un commerciante di ferramenta (americano di origine siciliana) ed erede del negozietto di cui il marito era proprietario.

Della sua avventura con la bella straniera nel vigneto di Castelmola, degli esaltanti "tripudi dei sensi" che con lei aveva vissuto (a differenza del bersagliere Ravagli) anche sotto la pioggia, sapevano tutti a Taormina, dal sindaco di quegli anni, grande amico dei Lawrence, all'ultimo dei contadini nell'angolo più sperduto della campagna taorminese; ma lui, sempre pronto alle confidenze con gli amici in osteria, non aveva mai parlato con i giornalisti. «Queste cose non si raccontano sui giornali, non è da uomini d'onore», diceva.

Ai giornalisti racconteranno tutto, alla sua morte, parenti e amici: quelli che della storia d'amore tra il mulattiere Peppino e la moglie dello scrittore Lawrence erano stati testimoni diretti (compreso il figlio della signora inglese che aveva messo a loro disposizione l'appartamentino nel mini-villaggio in collina) e quelli che avevano sentito dallo stesso Peppino il dettagliatissimo racconto di una avventura durata diciannove mesi, dal temporale di inizio agosto del 1920 al febbraio del 1922.

Il romanzo-scandalo di Lawrence, Peppino non l'aveva letto: lui non sapeva leggere, sapeva appena mettere la firma (che aveva imparato a scrivere, molto stentatamente, durante il servizio militare a Messina). Glielo avevano letto gli amici, il libro che riportava la sua storia. Letto e riletto in osteria, nelle lunghissime serate invernali. Uno (il più istruito) leggeva, a capotavola, e gli altri, eccitatissimi, vuotavano una caraffa di vino dopo l'altra.

Peppino interveniva spesso: chiariva, spiegava, aggiungeva sempre nuovi particolari a quelli che aveva già riferito agli amici molti anni prima, dopo la partenza della signora (quando nessuno poteva mai pensare che un giorno, sulla avventura del giovane mulattiere con la avvenente baronessa anglo-tedesca, sarebbe uscito addirittura un romanzo, scritto dal marito di lei).

A sentire i racconti del mulattiere D'Allura, prima e dopo l'uscita del romanzo, lo scrittore David Herbert Lawrence non dovette lavorare molto di fantasia per descrivere quello che descrisse nelle infuocate pagine de *L'amante di Lady Chatterley*. Gli bastò trasferire in un bosco inglese quello che era successo nel vigneto e sulle colline di Castelmola. E non tutto.

XXI.

Un mulattiere siciliano, dunque, l'ispiratore del personaggio Mellors, il guardacaccia inglese protagonista del romanzo *L'amante di Lady Chatterley*. Ed i primi a mostrare di esserne convinti sono gli inglesi, cui va già il merito di essere stati i primi ad intuire che la Connie del romanzo fosse proprio la moglie dello scrittore Lawrence.

Non aveva mai incontrato invece molti favori, in Inghilterra, l'ipotesi di una presunta identità tra Oliver Mellors e l'ex tenente dei bersaglieri romagnolo-ligure Angelo Ravagli, esclusa nel lontano 1970 dallo stesso Ravagli e ripresa in considerazione l'anno scorso da Alberto Bevilacqua in un libro: con argomenti, dobbiamo dire, che continuano a non convincere.

«Se l'ex tenente dei bersaglieri Ravagli», scrivono i giornali d'oltre Manica, «ripeté fino all'ultimo giorno di vita che nel personaggio del guardacaccia Mellors non si riconosceva per nulla, è difficile pensare che non dicesse il vero: lui, anche fisicamente, era diverso dal protagonista del romanzo, e con il mondo contadino, tanto esaltato da Lawrence, non c'entrava proprio nulla. Erano parecchie invece le affinità, fisiche e caratteriali, tra il mulattiere siciliano Peppino D'Allura ed il protagonista del romanzo, entrambi profondamente legati alla campagna, ai suoi valori, all'humus delle sue zolle, alla solitudine ed ai silenzi dei boschi. Non è da pensare che ciò che avveniva ottant'anni fa in un bosco inglese potesse conciliarsi in qualche modo con ciò che avveniva nella villa di una ridente cittadina italiana sulla costa ligure. Possibile invece, e abbastanza convincente, il raffronto tra un bosco inglese e le colline siciliane di Castelmola, sopra Taormina».

Molte cose lasciano perplessi, in effetti, nel libro di Bevilacqua. E riguardano, anzitutto, le sorprendenti confidenze-rivelazioni che il giornalista-scrittore avrebbe avuto dall'ex tenente dei bersaglieri Ravagli nel lontano 1970.

Sorprendenti perché le cose raccontate dal settantottenne ex tenente dei bersaglieri a Bevilacqua sono assai diverse da quelle che lo stesso Ravagli raccontava in quello stesso anno ed in quegli stessi giorni ad altri giornalisti, italiani e stranieri, ed avrebbe poi continuato a raccontare ad altri ancora negli ultimi cinque anni di vita.

Ma quello che sorprende di più, e fa molto pensare, è che di quelle confidenze, diciamo "esclusive" (che sarebbero state un grosso scoop nel 1970 e negli anni immediatamente successivi, soprattutto quando Ravagli era in vita), il giornalista-scrittore Bevilacqua non abbia mai fatto cenno per ben trentadue anni nei suoi articoli sui giornali (e ne ha scritti parecchi su Lady Chatterley, l'ultimo il 24 luglio del 2001), e se ne sia ricordato soltanto nel novembre del 2002, per il libro. Nelle cui pagine (bisogna proprio dirlo) racconta da scrittore cose non soltanto diverse, ma addirittura in contrasto con quelle che per decenni ha raccontato da giornalista.

Le perplessità riguardano, in modo particolare, la figura della signora Frieda, che appare l'esatto contrario di quella che per più di ottant'anni ci hanno descritto i biografi dello scrittore Lawrence, giornalisti di tutto il mondo e lo stesso Bevilacqua.

Pensavamo, tutti noi, che fosse l'avvenente ed esuberante signora Lawrence a cercarseli ed a sceglierseli, gli amanti? A leggere il libro di Bevilacqua, l'amante a Spotorno, nel 1926, glielo avrebbe cercato, scelto e imposto il marito, bello e forte come piaceva a lui, anche se la signora gli aveva detto con molta chiarezza che quello non era il suo tipo: il Ravagli, appunto.

Con il quale la signora baronessa sarebbe andata a letto, per un anno o poco più, non perché le piacesse fisicamente e sessualmente (come si è sempre detto) o ne fosse realmente innamorata, ma per aiutare il marito a riprendere la penna in mano, visto che non gli riusciva più di scrivere nulla di interessante per i suoi lettori. Si sarebbe cioè incontrata con il trentaquattrenne amante, la quarantasettenne signora Lawrence, solo per avere la possibilità di raccontare poi al marito quello che facevano a letto e dargli così l'ispirazione per nuovi romanzi.

Una sorta di "eroina", insomma, la Frieda Lawrence che abbiamo sempre considerato «vestale ed emblema del sesso-peccato». Una santa donna, degna dell'aureola o della corona di fiori che nell'antichità si infilava al collo degli eroi, secondo il Bevilacqua del 2002, la non più giovane signora che, con ammirevole spirito di sacrificio, offriva e dava il suo corpo ad un giovane bersagliere, bello e prestante, non per trarne godimento, per il "tripudio dei sensi" che tanto la esaltava, ma unicamente per salvare la traballante carriera del marito scrittore.

«Allora ... vuoi che lo veda anche domani?», gli domandava timidamente la signora Frieda, con tristissima faccia di circostanza, quando vedeva, al momento di andare a dormire, che i fogli di carta sul tavolo del suo David erano rimasti bianchi. E lui, cito testualmente dal libro di Bevilacqua, «faceva appena un cenno d'assenso».

Nuova e sorprendente davvero l'immagine di una Frieda

Lawrence che, per andare a letto con l'amante di turno, chiedeva timidamente l'assenso al marito. Ed anche quella di un Lawrence cinico profittatore (se non proprio sfruttatore) che del corpo della moglie si serviva per trarne vantaggi letterari ed anche economici.

Sì, anche economici. Perché, per ottenere in affitto villa Bernarda dallo zio della signora Ravagli, a leggere il libro di Bevilacqua, lo scrittore Lawrence avrebbe imposto alla quarantasettenne moglie di andare lei a parlare e trattare con il giovane e prestante tenente dei bersaglieri suo nipote, nella camera da letto che lui occupava stabilmente nella villa, raccomandandole caldamente di «fargli perdere la testa», per concludere l'affare subito ed a buon prezzo.

Commento acido del Ravagli sullo scrittore divenuto così, grazie agli ammalianti e ammiccanti sorrisi (o altro) della moglie, inquilino dello zio: «Era la sua unica forma di coerenza comportarsi da servo, in ogni cosa ...». Arrivava all'ingiuria, l'ex tenente dei bersaglieri, all'oltraggio gratuito e certamente ingeneroso nei confronti dello scrittore che con i diritti d'autore dei suoi libri lo aveva fatto arricchire.

Non nuova, invece, l'immagine del Lawrence litigioso e scorbutico che in casa alzava la voce per un nonnulla, facendo anche volare piatti e bicchieri.

Era la malattia, si è sempre detto, a renderlo irascibile e intrattabile, persino manesco nei confronti della moglie (che sapeva comunque reagire all'occorrenza). Ma anche su questo punto l'ex tenente dei bersaglieri avrebbe raccontato a Bevilacqua, e soltanto a lui, cose diverse e gravissime.

A sentire Ravagli, la malattia c'entrava fino ad un certo punto. Quelle scenate, che non erano semplicemente grida e lanci di piatti e bicchieri, ma veri e propri "atti di crudeltà", di violenza fisica (non soltanto morale), sarebbero state la cinica e brutale esecuzione di un "gioco perverso" che lo scrittore diabolicamente aveva messo in atto servendosi del corpo della moglie.

Dopo averla buttata tra le braccia e nel letto dell'amante, il "terribile marito" la insultava, la picchiava a sangue, pretendendo che ammettesse di essersi innamorata del suo "bel tenente". La moglie rispondeva: «No, non so ...». E giù, botte da orbi, uno schiaffone dopo l'altro, finché la signora Frieda, in lacrime, non gli rispondeva «sì», che si era davvero innamorata di quell'uomo.

E non si accontentava di quel "sì" strappato con gli schiaffoni. Voleva sapere pure, dopo averle riempito la faccia di lividi ed ecchimosi, se era la prima volta che si innamorava. La signora rispondeva «no», intendendo così confermargli che di lui (suo secondo marito) era stata davvero innamorata e continuava a volergli bene, e lo scrittore Lawrence, sempre più furente, pretendeva invece che gli rispondesse "sì", che era la prima volta che si innamorava davvero, che perdeva la testa per un uomo. La costringeva con le botte, con nuovi ematomi sul volto ed in tutto il corpo, a rispondere "sì".

A prendere per oro colato quello che l'ex bersagliere Ravagli avrebbe raccontato "in esclusiva" a Bevilacqua nel lontano 1970, l'autore di *Donne innamorate*, *La verga di Aronne*, *Il ragazzo nella boscaglia*, aveva bisogno di "emozioni forti", di "passioni violente", e di viverle e soffrirle personalmente quelle drammatiche storie, per poterle raccontare poi ai suoi lettori; e la moglie sarebbe stata nient'altro che uno strumento nelle sue mani, in quella parossistica e ossessiva ricerca della ispirazione ad ogni costo per salvare la carriera.

C'è solo da domandare all'amico Bevilacqua perché, con una "esclusiva" di questa importanza nelle mani, abbia ritenuto di doverla lasciare in un cassetto per trentadue anni, evitando qualsiasi accenno negli articoli che in questi anni ha scritto, per tirarla fuori soltanto nel 2002 (e cioè ventisette anni dopo la morte dell'interessato), in un libro.

Ne aveva per tutti, non soltanto per lo scrittore Lawrence, il Ravagli raccontato oggi da Bevilacqua. Anche per l'amante che era diventata poi sua moglie, sul conto della quale, dopo averne fatto una "eroina" che sacrificava il suo corpo per aiutare il marito scrittore a superare la crisi, non esitò a tirar fuori cose infamanti che, anche se vere, avrebbe fatto bene a tenere per sé, non foss'altro per il rispetto dovuto alla memoria di una donna che gli aveva dato sesso, forse anche amore, e ricchezza.

Raccontò che la signora Frieda Lawrence, sessualmente senza freni, pienamente soddisfatta da lui nei convegni d'amore a villa Bernarda ma non sufficientemente appagata dalle semplici "prestazioni a due", gli avrebbe chiesto più volte di convocare un'altra donna (anche una "puttana", pagandola) per una serie di "incontri a tre". E lui, uomo tutto d'un pezzo, rispose sdegnato "mai", spiegando che quelle "porcherie" non potevano mai stimolare e interessare un bersagliere, e lui (oltre tutto) non aveva mai pagato una donna, in vita sua, perché ne aveva avute tante che gli "andavano dietro".

E la figlia primogenita di Frieda, Barbara, allora ventenne, non era (a sentir lui) meno sfrontata della madre. Si presentò spavalda e invitante, un pomeriggio, nella camera dell'interrato in cui il tenente dei bersaglieri Ravagli andava a letto abitualmente con Frieda, dicendogli che voleva metterlo a parte di ciò che il signor Lawrence aveva architettato e tramava con la moglie alle sue spalle, ed in realtà con il chiaro proposito di sostituirsi lei alla madre in quel letto e collaudare personalmente (così gli avrebbe poi confessato la spudorata ragazza) «come faceva l'amore un bersagliere».

E lui, il militare tutto d'un pezzo? Andò a letto con la sfrontata ventenne («viziata e viziosa più della madre», parole di Angelo Ravagli) e continuò poi tranquillamente il suo rapporto con la quarantasettenne Frieda.

«Sentirmi al centro di un intrigo tra lo scrittore Lawrence e la moglie, anziché indignarmi e ferirmi, aveva fatto nascere in me un amore diverso», leggiamo nelle sue confidenze del 1970 a Bevilacqua. «Possedevo Frieda con una coscienza diversa del possesso, e modi, accorgimenti mutati, immedesimandomi in David, prima che David si immedesimasse in me ... Possedevo Frieda non più soltanto per l'egoismo mio e suo, ma in modo che il nostro egoismo si fondesse con quello di David ... Sapevo di essere parte dell'opera di rinascita di uno scrittore in crisi e me ne inorgoglivo».

Non lo avevo sentito parlare così bene, l'ex tenente dei bersaglieri ed ex muratore Angelo Ravagli, intervistandolo nello stesso anno e negli stessi giorni in cui lo intervistava Bevilacqua. E non posso non rilevare la sorprendente forbitezza del suo linguaggio, come viene riportato tra "virgolette" nel libro: un po' troppo forbito e ricercato, forse, per essere quello di un ex muratore, elegante sotto il profilo letterario, di grande spessore culturale, ma difficile da capire, e non soltanto per il lettore comune.

Mi viene in mente, leggendo le dichiarazioni dell'ex muratore Ravagli, quello che un grande maestro del giornalismo, Indro Montanelli, diceva spesso (e non si stancava di ripetere) ai suoi redattori-cronisti: «Attenti alle dichiarazioni che riportate tra virgolette: se il ragionamento di un portinaio o di una cameriera, che parlano il linguaggio semplice della gente semplice, lo colorite e infiocchettate con parole dotte, linguisticamente e culturalmente perfette, il rischio che il lettore lo giudichi inverosimile, e quindi inventato di sana pianta, è molto forte».

Un rischio che, a me pare, l'amico Bevilacqua corre. È così elegante e ricercato, culturalmente perfetto e concettualmente così profondo, il linguaggio dell'ex muratore Ravagli, da sembrare poco credibile, se non proprio inverosimile e inventato di sana pianta.

Occorrevano parole semplici e chiare, a mio giudizio, per spiegare e far capire al volgo come avesse fatto il bersagliere Ravagli, possedendo la signora Frieda Lawrence «con una coscienza diversa del possesso», ad «immedesimarsi in David, prima che David si immedesimasse» in lui; ed a quali accorgimenti avessero fatto ricorso tutti e due insieme, lui e Frieda, per fare in modo che il loro egoismo «si fondesse con quello di David».

Non lo spiegò nel lontano 1970 l'ex tenente dei bersaglieri Ravagli, con quella sua dotta dissertazione sulla "coscienza diversa del possesso" (da "intellettuale del sesso", verrebbe voglia di dire); non l'ha spiegato nel 2002 lo scrittore Alberto Bevilacqua.

Ed è sempre più difficile, proprio leggendo quelle confidenze-rivelazioni rimaste per trentadue anni in un cassetto, ipotizzare una qualche identità tra l'ex tenente dei bersaglieri di Spotorno ed il guardacaccia inglese Oliver Mellors. Diversissimi anche nel linguaggio, non soltanto nel fisico, nel carattere, nei modi di vita e di pensare.

Sapeva parlare in maniera semplice e chiara, il protagonista del romanzo *L'amante di Lady Chatterley*, alla inquieta e dolcissima moglie del nobile e sofisticato Clifford: il linguaggio semplice della gente semplice, dei sentimenti veri, autentici, che era anche quello del mulattiere siciliano Peppino D'Allura.

Penso che, con il linguaggio del Ravagli "virgolettato" da Bevilacqua, molto più vicino alle sofisticate dissertazioni dell'intellettuale sir Clifford, il guardacaccia Mellors avrebbe avuto pochissime chances per conquistare il cuore di Connie Chatterley.

Quanto alla signora Frieda Lawrence, difficile (se non impossibile) credere che potesse fare l'amore, o semplicemente sesso, su commissione: per ordine di un marito che aveva bisogno di alimentare con confidenze intime e scioccanti la sua vena letteraria. L'amore, lei lo faceva con una «sensualità istintiva», una «ardente e furente passione» (parole di Lawrence) che a tutto potevano far pensare tranne al "gioco perverso" ed alla cinica regia di un diabolico marito.

Il sesso, come si è sempre detto, per lei era tutto: forza esaltante della natura, gioia di vivere e di amare, la vita stessa. E gli amanti, se li cercava e sceglieva lei, quelli che le piacevano, non necessariamente belli fisicamente, alla Ravagli, purché "vigorosi" (meglio se pure "dolcissimi"), che esaltavano la sua prorompente sessualità e insieme la sua immensa voglia d'amore.

Li aveva sempre scelti lei, al tempo del primo matrimonio (con il professore inglese), e continuava a sceglierli lei durante il secondo, con Lawrence. Al quale, finché lo scrittore fu in perfetta salute, non ritenne di dover dire nulla, come non aveva mai detto nulla al primo marito. Cominciò a dire con chi andava, allo scrittore Lawrence, quando lui si ammalò, finendo poi col raccontargli anche quello che con l'amante di turno faceva.

Ed a Taormina la quarantunenne Frieda gli raccontò proprio tutto dei suoi rapporti con il ventiquattrenne mulattiere Peppino D'Allura: i "giochi erotici sotto la pioggia" nel vigneto ed il resto, quello che avvenne poi per quasi due anni nel campo di gigli, nella vasca e nel tino del palmento, nel casolare semi-diroccato in collina, nella confortevole casetta messa a loro disposizione dall'amica inglese della signora.

Era stato David a "imporle" (con la violenza, morale e fisica) di raccontargli ogni cosa?

A "chiederle", potremmo forse dire, non ad "imporle": assolutamente fuori dalla realtà l'immagine di una Frieda docile e remissiva che, al marito che le dava uno schiaffo, porgeva l'altra guancia, pronta a subire ed eseguire ignobili ordini da sfrontato profittatore come «Fagli perdere la testa, al bel tenente, così ci fa dare in affitto la villa dallo zio» o «Vai a letto con lui, anche se non è il tuo tipo, e poi raccontami quello che fate ...»).

No, non riesco ad immaginarla, una Richthofen con vigorosa tempra teutonica da valchiria, nel pieno della sua vitalità e forza fisica, tutta grinta e risolutezza, trasformata improvvisamente in una tenera e docile agnellina, disposta a lasciarsi sbranare da un lupo cattivo e, ammalato com'era, ormai con un piede nella fossa.

Non riesco proprio ad immaginarla con il bel volto tumefatto dalle botte del marito, la signora Lawrence, dopo aver letto quello che per tre quarti di secolo hanno scritto biografi e giornalisti di tutto il mondo, e soprattutto dopo avere raccolto le testimonianze di coloro che a Taormina la conobbero e frequentarono per due anni: testimonianze di contadini (che erano i grandi amici della signora baronessa), ma anche di uomini importanti della Taormina di allora.

Raccontava il sindaco di quegli anni, Francesco Atenasio, un signore vecchio stampo, unico vero grande amico taorminese dello scrittore (come privato cittadino, non come sindaco, teneva a dire) ed abituale frequentatore, con la bellissima moglie danese Inga Borgesen, della casetta di via Fontana vecchia: «Il mio amico David poteva strillare quanto voleva, rompere tutti i piatti, i bicchieri ed i vasi da fiori che voleva, ma il bastone del comando era sempre la signora a tenerlo in mano, ben saldo, ed in casa non si muoveva foglia che lei non volesse».

Importante, il suo giudizio-testimonianza, anche sulla chiacchieratissima vita sentimental-sessuale di Frieda: «Se la signora Lawrence fosse o no una ninfomane, non sta ad un gentiluomo dirlo, così come non sta a me dire se, prima di incontrare il mulattiere D'Allura ed esibirsi con lui nel vigneto di Castelmola sotto la pioggia, avesse avuto rapporti con altri ragazzotti di Taormina e dintorni, incontrati nelle campagne (anche tra i miei contadini, dicono) durante le sue lunghe passeggiate giornaliere ...

«Ma una cosa posso dirla, con assoluta certezza: lei andava con chi voleva e quando voleva, ed il marito non apriva bocca, non poteva che lasciarla fare. E non perché, povero David, si trovava in quelle drammatiche condizioni di salute. Lo aveva sempre consentito alla moglie, aveva dovuto consentirglielo di fare quello he voleva, di andare con chi voleva, anche quando era un uomo sano, nel pieno della sua virilità. Impedire a una donna come Frieda di fare l'amore con chi e quando voleva, sarebbe stato come toglierle la vita ...

«No, i piatti non volavano», assicurava il sindaco amico dei Lawrence, «per le scappatelle della signora. A quelle lui era abituato. E Frieda, bisogna dire, non faceva nulla per nasconderle. Se David glielo chiedeva, anche nomi, cognomi e indirizzi degli uomini con cui andava a letto gli dava; e pure quello che faceva, se lui lo desiderava, gli raccontava. Niente sotterfugi, tutto alla luce del sole. Il sesso, per lei, non era un fatto legato esclusivamente al matrimonio. Ed anche per lui, lo sappiamo benissimo: le scappatelle dal talamo nuziale se le era concesse pure David, quando stava bene ...

«Volavano per cento altri motivi, anche banali, piatti e bicchieri», spiegava agli amici don Ciccio Atenasio (come i taorminesi chiamavano il loro sindaco). «Litigi che potevano e dovevano essere considerati di ordinaria routine in una vita di coppia: per la sistemazione di un tavolo in giardino, la scelta della cameriera, la risposta all'invito a cena di amici o semplici conoscenti (quasi sempre negativa, ora per volere dell'uno, ora dell'altra, spesso di tutti e due). Ma in casa Lawrence, è chiaro, era la malattia di lui a complicare le cose, moltiplicando i motivi di tensione. Ed i litigi più furiosi erano quelli di inizio estate, quando lui, afflitto dall'afa che in certe giornate gli rendeva difficile la respirazione, progettava di andar via da Taormina per l'intera stagione».

«Frieda», chiariva la sua grande amica danese Inga Borgesen Atenasio, «comprendeva benissimo le ragioni del marito. Ma non era viaggiando in treno e passando in piena estate da una città all'altra, diceva lei molto saggiamente, che David poteva risolvere il problema dell'afa, anzi lo aggravava. La proposta che Frieda continuava a fare al marito era un'altra: trascorrere in collina, al fresco, i periodi più caldi ed afosi dell'estate, in uno degli appartamentini della loro e nostra grande amica inglese Betty, per dare a lui la possibilità di respirare l'aria pura di cui i suoi polmoni avevano assoluto bisogno ...

«Come non dare ragione alla signora? Era certamente più salutare l'aria delle colline di Castelmola, specie per un ammalato di tisi, rispetto a quella di città come Milano, Firenze o Roma, ed a quella che, viaggiando in treno con il caldo dell'estate, il nostro amico David era costretto a respirare dentro un angusto e affollato scompartimento ...

«Solo che lui non voleva sentirne di andare a vivere lassù, neppure per una settimana o due. L'idea di dover restare isolato sul cocuzzolo di una montagna, anche per una sola notte, lo terrorizzava. Lontano ore di strada, a piedi o a dorso di mulo, da Taormina e dal più vicino centro abitato, quello di Castelmola, nella impossibilità quindi di essere soccorso tempestivamente non soltanto in ospedale, ma anche da un medico generico, in caso di improvviso malore ... Bisognava capirlo, il caro e sfortunatissimo amico David».

«La spuntò lui, quella volta», ricordava ancora il sindaco Atenasio. «Non se la sentiva, la moglie, di obbligarlo a fare quello che proprio non voleva fare. E debbo dire che, solo perché il marito era in quelle condizioni, la signora Frieda cedette. Per nessun altro motivo al mondo gliela avrebbe data vinta, perché la ragione (quella volta come in tante altre occasioni) era decisamente dalla parte di lei ...

«Ma debbo anche ricordare», concludeva l'allora primo cittadino di Taormina, «che l'estate del 1921, contrariamente a quanto avevano fatto l'anno precedente, i nostri carissimi amici David e Frieda non la passarono viaggiando in treno da una città all'altra. Si fermarono in Austria per due mesi interi, luglio e agosto, in una località turistica di mezza collina, dove David poté finalmente respirare aria purissima senza essere o sentirsi isolato dal mondo. Mezza o intera, sempre collina era, come aveva proposto la signora Frieda. In pratica, ancora una volta, aveva avuto partita vinta lei».

Una Frieda ben diversa, come si vede, da quella che Bevilacqua ci ha proposto nel suo libro. A sentire il sindaco taorminese degli anni Venti, in casa Lawrence «non si muoveva foglia che lei non volesse», ed anche quando dovevano prendere decisioni che riguardavano la salute di lui, erano sempre le idee di Frieda, in un modo o nell'altro, a prevalere. Nella villa di Spotorno invece, a sentire le confidenze-rivelazioni dell'ex bersagliere Ravagli, era lo scrittore Lawrence il despota assoluto, e Frieda la povera vittima, costretta a subire anche «brutali violenze fisiche», non soltanto le «ignobili imposizioni di un marito cinico e perverso» per il mercimonio del suo corpo.

A chi credere? Per i taorminesi, don Ciccio Atenasio, sindaco per quasi due decenni, uomo di grande prestigio, amico personale di David Herbert Lawrence come della moglie Frieda e dunque non di parte, era e deve essere considerato testimone autorevole, assolutamente disinteressato, credibilissimo; ed assolutamente disinteressata e credibile deve essere considerata la moglie, una danese molto amica della signora Frieda. Ciò che non si può dire, chiaramente, del Ravagli che nel 1970 raccontava a Bevilacqua cose diversissime da quelle che in quello stesso anno ed in quegli stessi giorni raccontava a centinaia di giornalisti, italiani e stranieri, ed avrebbe poi continuato a raccontare tranquillamente nei restanti suoi cinque anni di vita.

Si può credere ad un signore che, su una vicenda da lui personalmente vissuta, racconta due verità che cozzano clamorosamente l'una contro l'altra?

Fin troppo chiaro che, se l'ex bersagliere Ravagli raccontò il vero a Bevilacqua, in quel lontano 1970, raccontò balle agli altri; e, se raccontò il vero a centinaia di giornalisti (compreso il sottoscritto, autore di questo libro), devono essere considerate balle quelle riportate adesso dallo scrittore Bevilacqua a distanza di trentadue anni. *Tertium non datur*, dicevano i latini. Ed una terza ipotesi, qui, proprio non si vede.

C'è anche da ricordare, sulla testimonianza del sindaco della Taormina di quegli anni, che i suoi giudizi su persone e fatti concordano perfettamente con quello che da più di ottant'anni scrivono sullo scrittore Lawrence e signora autorevoli biografi e giornalisti, vecchi e nuovi. E cioè: la teutonica Frieda Richthofen non era il tipo da subire violenze o imposizioni da nessuno, tanto meno dal marito, e men che meno in fatto di sesso, nella scelta degli amanti. Fu lei, non per imposizione del marito per iniziativa propria (anche su questo concordano biografi e giornalisti), a metterlo a parte di quello che faceva a letto con gli amanti. Affermazioni perfettamente in linea, pure queste, con quello che raccontò a Taormina il mulattiere Peppino D'Allura.

Tradire il marito quando era in perfetta salute (diceva con estrema chiarezza la signora Lawrence, senza falsi pudori ed ipocrisie) non le aveva mai creato alcun disagio o problema, e lo aveva sempre fatto senza dirgli nulla: vedi la scappatella in viaggio di nozze con il boscaiolo Pedro sui Pirenei. Ma tradire il marito in quelle condizioni di salute senza informarlo di tutto, anche di quello che faceva a letto (se lui lo desiderava sapere), sarebbe stata, come spiegò al mulattiere Peppino D'Allura, "una vigliaccata".

Era fatta così, la signora Frieda Richthofen in Lawrence. A quel pover'uomo reso impotente dalla tisi, pur passando da un amante all'altro, lei continuava a voler bene, e gli resterà accanto, con tanto affetto, dedizione assoluta e spirito di sacrificio davvero ammirevole, fino agli ultimi istanti di vita.

Per questo sì, "eroina". Ma il sesso, per lei, era tutt'altra cosa, che con i sacrifici e gli atti di eroismo non c'entrava nulla, come non c'entrava nulla con il matrimonio, con i legami affettivi, con lo stare insieme, il dormire nello stesso letto.

Lo faceva con gli uomini che le piacevano, il sesso, la signora Frieda Lawrence. E non aspettava certo l'assenso del marito per farlo, tanto meno che fosse lui a sceglierle l'amante di turno. Lo faceva come lo aveva sempre fatto, anche al tempo in cui il suo David era in perfetta salute: dove, quando e con chi voleva lei.

Indice